COLLECTION FOLIO

Richard Millet

L'angélus
La chambre d'ivoire
L'écrivain Sirieix

Préface de l'auteur

Gallimard

Richard Millet est né à Viam, en Corrèze, en 1953. Il vit et travaille à Paris. Son ouvrage *Le sentiment de la langue* a obtenu le prix de l'Essai de l'Académie française en 1994.

PRÉFACE

J'ai longtemps cru que cette petite trilogie, dont les trois récits (ou courts romans) qui la composent sont ici réunis pour la première fois, pouvait se lire comme une ironique tentative d'autobiographie transposée.

Cruels, parfois insoutenables, injustifiables même dans leur dérision, leur goût du divin, du corps féminin, de la solitude, de la haine d'autrui, de l'idiotie, de l'asocialité, ils montrent des itinéraires qui autrefois auraient été ceux de saints ou de héros et qui sont ici accompagnés de leur naissance jusqu'au moment où ils s'abandonnent à leurs propres gouffres, lesquels ne sont peut-être que l'ombre de la main de Dieu. Il n'est cependant pas certain que le vrai sujet de ces récits ne soit pas les rapports de l'art et de la vie — et, plus précisément, la question qui m'avait été en partie suggérée par l'œuvre de Louis-René Des Forêts dont j'apprends en écrivant ceci qu'il vient de mourir (quel signe, terrible ou ironique, ne pas voir là !) : le sentiment d'imposture qui s'attache à toute pratique littéraire.

Reste que s'il est bien question de musique dans

L'angélus, *de peinture dans* La chambre d'ivoire, *et de littérature dans* L'écrivain Sirieix, *le filigrane de ces textes est sans doute l'amour — l'interrogation de ce lointain, qu'est l'envers de l'amour, ou son défaut : non pas ce que serait une vie sans amour mais le terrible écart entre l'art et l'amour.*

Marguerite Duras avait aimé L'angélus. *Elle l'avait fait savoir à Paul Otchakovsky-Laurens, notre éditeur, qui lui avait envoyé le livre sans m'en parler puis m'avait demandé d'appeler l'auteur du* Vice-Consul. *Je n'aime guère le téléphone : j'ai écrit à Marguerite Duras pour lui dire combien sa lecture me touchait. Elle a cherché à me joindre, à plusieurs reprises. Je n'étais jamais chez moi. J'aime que notre rencontre ait eu lieu autrement que par le truchement de la voix vive ou du face-à-face : un dialogue, plutôt, dans ce décalage, dans l'échange différé et, je veux le croire, dans la reconnaissance.*

RICHARD MILLET
Janvier 2001

L'angélus

à Sandrine

I

Je suis un musicien sans importance.

Si je me décide enfin à noter ces quelques mots qui longtemps m'auront hanté au point d'étouffer en moi toute musique et de se laisser remâcher comme une idiote rengaine, ce n'est nullement par ennui ou dégoût des portées vierges : ma mémoire défaille, et composer n'a jamais été une source de joie mais une nécessité douteuse, mêlée de peur et de lassitude. Et quoique, pendant bien des mois, j'aie voué à l'acte compositionnel une haine vive, celle-ci n'était point dépourvue d'ambiguïté : au plus profond de la crise dont j'étais la proie, j'aurais pu sur-le-champ me remettre à écrire de la musique, par habitude, sinon par imposture.

Ce n'est pas davantage un soudain et irrésistible penchant à la dépréciation qui me fait prendre une tout autre plume et m'avouer mon peu d'importance. En cette année où j'ai atteint l'âge auquel est mort le Christ, six œuvres de moi ont déjà été créées, éditées, et un certain nombre de musiciens, de critiques, d'écrivains et d'inconnus s'accordent à voir en moi un compositeur d'avenir.

Mon insignifiance, mon imposture, je puis les justifier simplement : si je viens à mourir (et ma fin n'aura pas le tragique de celle de Mozart, ni le pathétique de celle de Magnard, ni même le dérisoire de celles de Webern ou de Chausson), on ne jouera plus ma musique ; je ne figurerai dans nulle histoire musicale ; je ne pense pas que ce qu'on nomme mes œuvres constitue une Œuvre — un ensemble d'opus sur quoi je puisse encore, souverainement, sereinement, revendiquer une autorité. Je n'ai d'ailleurs jamais parlé de ce qui pourrait être mon Œuvre sans rougir ni frémir d'agacement, et ne tolère pas qu'on prononce ces mots devant moi : n'ai-je pas, un soir, après la création de mes *Sept pièces pour instruments à cordes* op. 3, rétorqué à une journaliste — une jeune femme assez jolie et, je le crois, sincère, sur les lèvres de qui ces mots (« votre Œuvre ») semblèrent dessiner non pas un sourire mais une grimace qui eût découvert des dents gâtées — que je n'avais pas d'Œuvre, ajoutant brusquement, sans bien savoir pourquoi ni même si je parlais encore de moi, qu'il n'y avait ni Œuvre, ni auteur ? Ce petit incident, s'il déconcerta quelques amis, fit rire la jeune femme ; avec une sorte d'insolence, ou peut-être par désarroi, ou encore pour accroître l'espèce de supériorité dérisoire que m'octroyaient mes abruptes paroles, je lui proposai de poursuivre, un autre jour, en un lieu moins bruyant, notre conversation.

Nous nous revîmes un mois plus tard, à son

retour d'Allemagne; elle était radieuse et calme. Qu'elle pût songer que je mettrais à profit pour la séduire ma situation de créateur (comme elle eût dit) m'irritait; sans doute était-elle disposée à m'écouter jusqu'au bout : certain, dès lors, que je pourrais avoir une liaison avec elle, je me mis à chercher ce minime défaut qui, en toute femme, quelque belle qu'elle soit, nous empêche de l'aimer vraiment. Je ne le découvris pas, même si j'étais irrité de ce que son unique boucle d'oreille (une longue larme d'argent terni) parût lui faire pencher la tête sur l'épaule gauche. Je n'étais attentif qu'à ce que j'imaginais être l'effort par lequel elle tentait de soustraire sa tête au poids de la boucle d'oreille — à moins que ce ne fût pour mieux me faire face et dérober son visage à la pénombre dans laquelle un soudain orage venait de plonger le café. Or, ne me savais-je pas troublé, c'est-à-dire séduit autant qu'agacé par cette figure, par cette bouche qui parlait d'abondance, ou bien par cela seul que je ne disais rien? De la jeune femme, la boucle d'oreille et le mouvement répété de la tête me découvraient je ne sais quoi d'intime et de fragile; je ne regardais pourtant que sa bouche aux lèvres un peu trop minces, et ne parlais que par bribes, avec une sincérité mauvaise, déplacée, qui interdisait à mon interlocutrice toute réponse qui fût attaque ou éloge de ma musique, la forçant à des louvoiements dont je m'étonnais qu'elle ne fût pas lasse. J'aurais moi-même pu mesurer combien j'étais excédé si je n'avais alors découvert ce qui maintenait vive mon attention :

je guettais sur les lèvres de la jeune femme la floraison mauvaise de « votre Œuvre », qu'elle finit par proférer, peut-être par dépit, comprenant qu'elle ne tirerait rien de moi, ou par pitié — afin de m'accorder le seul plaisir, certes dérisoire, que j'étais en mesure de recevoir d'elle, nous délivrant ainsi d'une attente vaine, mettant fin à un entretien trop long, qui n'avait eu d'autre objet que d'étouffer ensemble un désir éphémère, sans nul rapport avec la musique.

Elle se leva et dit d'une voix tremblante que j'avais sans doute raison, que tout cela n'avait pas d'importance. Je ne cherchai pas à la retenir, ni à lui faire préciser ce à quoi elle trouvait si peu d'importance. Pouvait-elle m'avoir percé à jour ? J'étais ravi et furieux, et un peu ivre ; j'avais envie de rire (mais j'aurais aussi bien pu me mettre à pleurer) ; l'amour des femmes et la haine de la musique me poussaient alors à ces petits sacrifices, toujours plus douloureux et irrésistibles. Je mesurais combien j'étais seul. C'est à ce moment que, claire et dure comme les petits pavés de la rue brillant après la pluie, se forma en moi cette phrase, qu'il me fallut murmurer à plusieurs reprises : « Je suis un musicien sans importance. »

C'était il y a trois ans. Dès lors, tout me parut froid et repoussant : lieux, visages, sons, mots et jusqu'à l'entrecuisse des femmes. J'étais entré dans la période la plus noire de mon existence, que j'allais mettre en jeu pour éprouver que je n'étais pas seulement un compositeur sans importance, mais un imposteur. Je ne prétends pas que mon cas soit exemplaire, pas plus que je ne justifierai ma médiocrité et ma vilenie en me montrant sous un jour tragique. S'il m'importe de faire le récit de cette imposture, c'est que toute imposture — s'agissant de l'Art — peut être le fruit d'une absolue sincérité. Ce paradoxe mérite d'être expliqué, ou illustré : il n'est ni un masque ultime, ni une manière de désinvolture envers le lecteur, ni de mépris envers moi-même. Nous cherchons tous, avec plus ou moins d'adresse, à apaiser nos terreurs nocturnes ou de plein midi. Je souhaite simplement que le récit de quelques épisodes de ma vie, s'il ne parvient pas à dissiper entièrement le malentendu, apporte un peu de paix à ceux que j'ai trompés, comme à moi-même.

II

J'ai plusieurs fois tenté, de vive voix, d'expliquer comment je suis devenu musicien — ou, pour reprendre, cinglante, une expression de ma mère, comment j'en étais arrivé là. N'est-ce pourtant pas à elle qu'en grande partie je le dois ? N'est-ce pas elle qui, à la fois soumise et hautaine comme tant de ces jeunes provinciales d'autrefois désireuses d'établir, faute de pouvoir s'exiler, par une attitude sans faille ou la pratique raisonnable d'un instrument de musique, un peu de distance avec la morne bourgade natale et la famille où elles sont en même temps reines et prisonnières, n'est-ce pas elle qui me montra les rudiments du solfège et m'installa, dès l'âge de cinq ans, devant un Gaveau à queue, recouvert de dentelles, et dont je haïssais en hiver le froid ivoire jauni qu'il me semble parfois retrouver, sous les doigts, au front si doux des morts ?

Je suis né dans la chambre où naquit ma mère. D'elle je m'aperçois que je ne sais pas grand-chose, et que je ne désire pas entrer dans les détails d'une vie que j'ai l'étrange impression de connaître comme je connais la mienne. Chaque fois que ma mère quitte Ussel pour venir me voir à La Vialle, notre ferme natale, au bord du lac de Siom, je me promets que je l'interrogerai malgré tout sur tel moment de son existence ; mais qu'elle soit devant moi, et j'oublie mes questions, me mets à regarder mes mains et à sourire. Je continue d'admirer ma mère. Autrefois, accroupi dans un recoin obscur de notre boucherie, je la surprenais à regarder furtivement le ciel entre les hauts toits d'ardoise et les murs de granit : ce n'était plus le regard qu'elle posait sur mon père, non plus que sur moi, son unique fils, ni sur ses clients ; on eût dit qu'il prenait, selon les saisons, brusquement délivré, bleu cru ou gris, la couleur même du ciel. Je la devinais fort sensible aux saisons — et cette singulière sensibilité, dont j'ai hérité et qui s'est exacerbée en moi au point qu'un ciel d'hiver trop clair me force à vivre volets clos en plein jour, paraissait lui faire considérer, de la caisse qu'elle tenait si dignement, le monde avec détachement.

Venu d'une grande ville du Sud, mon père commit sans doute l'erreur de ne point faire quitter à ma mère la froide ville d'Ussel. C'était un homme un peu lunatique mais intelligent et, quoique boucher, d'un naturel doux, voire effacé : il cachait sa timidité sous des mouvements parfois grandioses de couteaux, de fusils, de hachoirs, une parole chantante, des yeux noirs, brillants, parfois lointains. Dans quelles circonstances — bal de campagne, voyage en train ou, plus probablement, couloir de faculté — connut-il ma mère? Pourquoi s'établit-il à Ussel, prenant la succession d'un de mes grands-oncles, après plusieurs années d'études de pharmacie auxquelles il paraît avoir renoncé du jour au lendemain? J'imagine que ces deux êtres s'aimèrent parce qu'ils avaient conscience de ce dont chacun eût, à sa manière, été capable; le sentiment de ce à quoi ils avaient, pour des raisons à jamais tues, renoncé en commun leur donnait à leurs seuls yeux un éclat secret, mêlé de jalousie, de rancune et d'admiration : cela finit peut-être par leur tenir lieu d'amour. Chacun jouait son rôle : mon père celui d'un Méridional qui savait faire sourire ses clientes, ma mère celui d'une femme modeste mais fière, qui avait abandonné ses études pour se plier aux exigences de sa famille. Nous vivions au milieu d'aïeules taciturnes, vêtues de noir et courbées, venues à tour de rôle de fermes lointaines. Je ne les aimais pas : c'est à elles que, le plus souvent, je dus les coups de nerf de bœuf que m'infligeait mon père, sous l'œil attentif de ma mère. Longtemps j'ai pensé que ces vieilles n'étaient là que pour m'épier, et que ma mère, qui tenait sa maison d'une main de fer, leur déléguait une partie de son pouvoir. Je les revois saisir l'épaule de ma mère, et celle-ci se pencher vers ces bouches édentées d'où sourdaient en patois des paroles confuses; il n'était pas de coin d'ombre, dans cette vaste demeure, que leurs petits yeux secs n'atteignissent, où elles ne me clouassent sur place.

La punition avait lieu le soir, après la fermeture; mon père me déculottait, m'installait sur un petit étal de l'arrière-boutique où il venait abattre et qui sentait fort la sciure, le sang, les viscères, la poussière d'os. Dans la semi-obscurité, on devinait des carcasses encore sanguinolentes, des linges et des cordes, des instruments serrés avec soin et des têtes de bœufs découpées qui avaient l'air de sommeiller ; je recevais mes coups en pleurant silencieusement ; j'étais un enfant soumis et lâche ; je ne cherchais pas même à savoir de quoi je m'étais rendu coupable : pareilles scènes me semblaient d'ailleurs ressortir à une sorte de rituel obscur dont je ne soufflais mot à personne. Pendant que mon père me battait (d'une façon, je crois, destinée à me faire le moins de mal possible), ma mère me tenait le visage entre ses longues mains et me répétait, les yeux mi-clos, que toute faute, fût-elle virtuelle, méritait un châtiment ; et bien plus que le nerf de bœuf, c'était le sourire à la fois si bon et si dur de ma mère qui me tirait des larmes et me plongeait dans des repentirs sans fin.

Plus tard, dans d'autres situations, mais avec la même douceur inquiétante, ma mère me répéterait que l'Art ne vit que de contraintes souvent terribles : elle les évoquait à mi-mots comme si elle les eût éprouvées et qu'elle les regrettât.

Sans doute mon père était-il d'un caractère plutôt faible, et ma mère d'un naturel opiniâtre et mystérieux. Je ne crois pas que ces petits provinciaux fussent plus excessifs dans la sévérité avec laquelle ils m'élevaient que la plupart de ceux qui fréquentaient notre boutique. Du moins mes parents m'épargnèrent-ils le destin de boucher et ne firent-ils jamais de moi un de ces apprentis aux mains sanglantes, aux faces rougeaudes, ricanantes ou butées, qui travaillaient pour mon père : aujourd'hui encore (bien que ce ne soient plus les mêmes) ils me font peur.

Au lycée d'Ussel, je fus un élève sans gloire — d'une indolence, même, qui n'empêchait pas des instants de révolte contre des professeurs ou des surveillants dont je devinais si bien la médiocrité que ma figure laissait paraître une espèce de mépris : jamais je ne saurais le dissimuler et, dès cette époque, il me valut solitude et inimitiés. J'ignorais ce qu'on souhaitait faire de moi. Certain de n'être pas promis à la boucherie, je ne m'interrogeais sur rien ; je passais pour une âme simple, quoique parfois retorse. Rien ne me paraissait singulier : ni ma taciturnité croissante, ni l'étrange couple que formaient mes parents, ni même ce que l'on appelait mes fantaisies : ainsi cette rédaction dans laquelle je décrivais ma mère, magnifique et ensanglantée, occupée à découper une bête dans l'arrière-boutique, tandis que mon père, assis sur un billot au milieu de la cour, contemplait le ciel en fumant une cigarette. Le devoir fut lu à toute la classe — autant dire à toute la ville ; je reçus un châtiment à la hauteur de la risée à quoi j'avais donné cours : fouetté dans la boucherie dont on avait baissé le rideau de fer, debout dans la sciure sale, devant les apprentis ; mon père, cette fois, n'y alla pas de main morte ; ma mère ne vint pas me tenir le visage, qui me sembla ainsi plus douloureux et plus nu que mes fesses.

III

Je crois pourtant n'avoir été ni un enfant malheureux ni un être vraiment à part. Il y avait bien sûr chez mes parents le désir ordinaire de m'élever au-dessus de leur condition de petits-bourgeois provinciaux. Ils usaient d'une langue soutenue mais simple, et m'interdisaient l'argot — mais non le patois, dont je me servais d'ailleurs peu, par respect pour mon père qui ne l'entendait pas et, peut-être, par crainte d'une intimité excessive avec ma mère dont je considérais, à tort, que c'était la langue maternelle. Ce n'est que l'été, dans la ferme de mon grand-père, près de Siom, que je laissais le patois sonner en moi avec force et joie, jurant contre les bêtes, plaisantant avec mes cousines et les domestiques.

La vaste propriété de La Vialle était un monde si clair et différent de la grise Ussel que je m'appliquais à le mériter : je me pliais à toutes les exigences maternelles, m'efforçais de me montrer bon fils, bon chrétien, bon élève et, si je puis dire, bon citadin. Très tôt, les exigences de ma mère devinrent à mon égard précises, quasi maniaques. Elle ne se contentait pas, chaque soir, après la fermeture, de me faire réciter mes leçons ; au lieu d'aller rejoindre les condisciples qui, au prix de brimades initiatrices, m'avaient accepté dans leur bande, je devais me mettre aussi à l'étude du piano et de la théorie de la musique. Ce savoir, ma mère le tenait de sa propre mère : c'est la seule chose à quoi elle semble n'avoir pas renoncé en épousant mon père — qui ne fut agréé par mon grand-père (depuis longtemps retiré à La Vialle, ombrageux et satisfait) que parce qu'il était un mâle agréable, adroit et docile, prompt à des renoncements presque mystiques : son entrée dans le métier de boucher reste pour moi aussi mystérieuse que l'amour qu'il a pu porter à un être aussi secret que ma mère.

Celle-ci était une bonne pianiste. Elle avait étudié le violoncelle avant le piano ; je la revois m'en faire, en un long murmure, la confidence. La pluie de novembre battait si fort sur les persiennes de fer et la devanture de notre boutique qu'il m'avait fallu cesser de jouer. Ma mère me dit, tournant soudain vers la lampe un visage que je ne lui connaissais pas — un visage nu et fragile qui me fit deviner en frémissant qu'elle avait été belle, brièvement, comme peuvent l'être les filles de la campagne :

— Il faudrait un violoncelle pour imposer silence à ce vacarme...

Je voulus en déduire qu'elle n'aimait guère le piano et que cet instrument n'avait point à ses yeux le prestige qu'on s'accorde à lui reconnaître ; mais elle poursuivit, d'une voix plus ferme, me révélant que son père avait autrefois fini par lui interdire le violoncelle sous le prétexte que la position requise pour en jouer était inconvenante pour une jeune fille. Elle remit sur-le-champ l'archet et le violoncelle à son père qui, étonné d'une telle docilité, ne put marquer sa satisfaction qu'en redoublant de sévérité :

— Nous étions en hiver, poursuivit ma mère, et habitions encore la ferme ; toute la famille se serrait autour de la cheminée ; c'est la seule fois où j'ai vu ton grand-père dans un tel désarroi : il a fini par aller au billot sur lequel, le matin, on prépare le petit bois qui sert à allumer la cuisinière, et il a débité lentement le violoncelle qu'il a aussitôt brûlé ; les flammes avaient des couleurs qu'aucun bois de chez nous ne pourrait leur donner...

Le visage de ma mère était de nouveau dans la pénombre ; mes mains reposaient, glacées, sur le clavier ; je regardais droit devant moi ; nous restâmes longtemps immobiles ; puis, retrouvant son ton sec, ma mère me fit m'agenouiller pour la prière du soir.

IV

J'avais, à cette époque, bien plus de goût pour la lecture que pour la musique — qui me paraissait n'être qu'un obscur rite d'initiation à je ne savais quelle nécessité de la vie. De cette maison peuplée de linges sanglants, d'odeurs de sang frais, de coups de hachoir, d'impérieux cris d'hommes ou des murmures d'aïeules dont la peau sentait l'âtre humide, je ne m'échappais guère que pour jouer dans la rue tortueuse et pentue, déserte dès sept heures du soir ; les forêts étaient trop éloignées pour que j'y risque une escapade entre la fin des cours et le retour à la maison ; j'attendais l'été, relisant mes livres de contes, des romans de la Bibliothèque verte, et feuilletant de gros volumes illustrés d'une histoire de la musique. Ma mère fut-elle une bonne pédagogue ? Sa rigueur n'était tempérée par aucun compliment ; jamais elle ne me fit sentir, lorsque j'eus abandonné les fastidieux exercices de Hanon pour les *Études* de Bertini et de Czerny et que j'eus commencé de déchiffrer avec elle de petits préludes de Bach, le plaisir que l'on pouvait tirer du fait de jouer. Elle-même avait un jeu plutôt sec ; elle n'usait presque jamais de la pédale : je crois aujourd'hui que cette austérité tenait autant à son caractère qu'au souci de ne point m'inculquer le goût d'épanchements et de complaisances romantiques. Je me rappelle lui avoir entendu dans ce temps-là évoquer avec une violence et un mépris extraordinaires le nom du pianiste Braïlovsky. Quand je fus en mesure de jouer quelques préludes et fugues du *Clavier bien tempéré* et qu'elle me laissa travailler seul, je n'eus pas même l'idée de déchiffrer d'autres pièces de mon plein gré : si je jugeais mon travail suffisant, j'attendais, immobile, le dos bien droit, les mains posées sur mes cuisses, le regard vide, que ma mère (je la savais presque toujours à portée d'oreille) vînt me délivrer. Quant à la théorie, je fus vite capable de lire aisément quatre clés ; mais les dictées dominicales, les intervalles et les transpositions devinrent un sujet de punitions, de brimades, de larmes secrètes. Ma mère ne supportait pas que l'on ne comprît pas tout de suite ce qu'elle disait, à plus forte raison ce qu'elle expliquait : de froide et murmurante, sa voix devenait sifflante. Il lui arrivait de s'emporter et, malgré ma terreur à lui voir un visage défait, j'attendais avec soulagement cette colère, de quelque prix que je dusse la payer, parce qu'elle m'assurait que ma mère ne serait plus en état de poursuivre la leçon.

Je ne veux point donner d'elle un portrait trop noir. Elle était de ces femmes sans doute déçues par la vie et qui s'épuisent à vouloir le bien de leur enfant. Je lui dois non seulement une parfaite connaissance du *Clavier bien tempéré* (même s'il me fallut des années avant d'aimer cette musique qui deviendrait mon éternel point de repère), mais, ce qui est plus étonnant, d'avoir habitué mon oreille à des œuvres que peut-être elle n'aimait pas vraiment : quelques pièces de Debussy, de Fauré, de Ravel, de Poulenc... Parfois, nous jouions à quatre mains de petites pièces de Wohlfahrt ou des transcriptions d'œuvres symphoniques célèbres; j'y aurais trouvé du plaisir, si la pratique de l'instrument à quatre mains ne m'eût obligé à frôler si souvent les doigts maternels : je frissonnais comme si j'avais commis un forfait. En outre, je croyais que cet exercice n'avait d'autre fin que d'épater les quelques dames qui venaient prendre le thé, le dimanche après-midi. Je jouais avec raideur, comme ma mère, mais dans la terreur d'accrocher ou de perdre la mesure. Plus tard, quand je fus capable de tenir n'importe quelle partie d'œuvres importantes — les sonates de Mozart, la *Fantaisie* de Schubert, *Dolly* de Fauré, ou *Ma mère l'Oye* de Ravel —, ma façon de jouer se heurtait encore à celle de ma mère, dont les doigts n'étaient plus aussi agiles et qui se refusait toujours à user de la pédale : nous n'allions jamais au bout d'un mouvement sans que je fusse obligé d'abandonner ma partie et de quitter la pièce, en proie à ce mélange de haine et de honte qui interdisait toute intimité entre mes parents et moi.

V

Je grandissais. L'étude du piano, qui me tenait cloîtré à présent plusieurs heures par jour au premier étage d'une boucherie de province, comme une jeune fille déjà fanée, me devint insupportable : au lieu de rentrer directement du lycée, je m'attardais dans les rues en compagnie de garçons avec qui je pouvais user de l'argot (de là que j'ai toujours aimé parler grossièrement : j'ai le sentiment d'une liberté dont je n'éprouverai jamais assez les bienfaits).

La pièce où je travaillais le piano était assez distante de la boutique pour que ma mère ne remarquât pas mon absence ; mais pouvais-je espérer la tromper ? Lorsqu'elle me demanda, un soir, de lui jouer, sans partition, la sonate de Haydn que j'étais censé connaître par cœur, je ne dépassai pas dix mesures. Non que je fusse incapable de me les remémorer ; mes doigts tremblèrent ; j'avouai mes escapades... Il est étrange que je n'aie pas été payé de coups : ma mère me croyait-elle si soumis que la seule conscience de ma faute lui suffît ? Peut-être vit-elle dans le petit accident qui survint, quelques jours après, la certitude qu'une faute doit, malgré tout désir de clémence, être punie. Est-il besoin que j'ajoute, pour expliquer ce rigorisme dont on verra combien il est héréditaire, que mon père, de confession protestante, dut, pour se marier, abjurer, sans que son puritanisme tempéré perdît au change avec le catholicisme austère de ma famille maternelle ?

Je ne me rappelle plus ce qui m'amena, dans la boucherie close, à manier un des couteaux de mon père, ni quelle maladresse me fit quitter la boutique, les doigts en sang : blessure vénielle, mais dont je me réjouis puisque mes pansements m'empêchèrent de jouer pendant une bonne semaine. Je me réjouis davantage de pouvoir passer chaque soir quelques moments dans la boutique, à regarder travailler mon père et ses aides — ce que d'ordinaire ma mère ne tolérait pas. Or, que mon sang eût coulé m'en donnait, me semblait-il, le droit, qu'étrangement ma mère ne discuta pas.

Je ne crois pas que ce fût pour échapper au piano que je me tailladais de temps à autre le bout des doigts ou bien les paumes ; il y avait sans doute dans cette délivrance momentanée une sorte d'affront fait à ma mère ; mais comprenait-elle ce qu'il m'en coûtait ? Pouvait-elle savoir, elle que je sentais pourtant parfois proche de moi jusqu'au vertige, qu'elle ne m'empêcherait pas de me mutiler, que la douleur ne me faisait plus peur, que j'aimais voir couler mon sang et qu'à continuer de la sorte je me serais laissé aller à des mutilations autrement dangereuses ? Celles-ci prenaient l'allure de cérémonies singulières ; elles avaient lieu le dimanche, l'après-midi, dans les seuls moments où se relâchait quelque peu la surveillance maternelle. Je fus bien surpris, une fois, par une aïeule : je me retournai, et sans prononcer le moindre mot, me barbouillai le visage de sang ; je me mis à rire doucement puis soufflai à la vieille femme, devant qui je brandissais un grand couteau, que si elle parlait rien ne me retiendrait. Elle s'enfuit à petits cris mais tint sa langue.

Je m'approchais de l'étal, le cœur serré, la tête vide ; je ne savais plus si je cherchais à blesser ma mère ou si j'étais devenu la proie d'un démon intérieur qui exigerait toujours plus de douleur et de sang. J'approfondissais mes plaies jusqu'à faire apparaître os et ligaments. J'œuvrais avec une sûreté, une dextérité qui me terrifiaient. Seule la souffrance était capable d'apaiser mes désirs malsains : je regardais couler lentement mon sang le long de mes bras levés et de mon torse nu. J'allais parfois jusqu'à me déshabiller entièrement pour laisser de minces filets de sang dessiner sur mon corps d'inquiétantes floraisons. Ces excès de douleur me conduisirent au plaisir : révélation brutale qui me tira des larmes et mit fin aux pratiques sanglantes. Reste que je ne puis me défaire de l'idée que la jouissance physique n'est qu'une forme dégradée de la douleur.

VI

Je vécus dès lors entre l'ivoire et le sang, le sperme que je me soutirais et la musique qui commençait à m'habiter vraiment. Mes rapports avec ma mère se modifiaient ; elle ne voulait pas s'avouer vaincue, et je n'avais nul désir de marquer mon triomphe. Mon père joua alors un rôle inattendu. Il me fit asseoir dans la boucherie déserte et obscure, prit le temps de se rouler une cigarette, puis sans autre préambule me demanda si je me masturbais. Je ne me laissai pas démonter ; je répondis oui ; il sourit, ajouta en plissant des yeux (je pris ce plissement pour un signe vulgaire de complicité) que c'était à lui que je devrais désormais me confier — et il désigna le plafond pour me faire comprendre que la mère, comme il disait, n'avait rien à voir dans tout ça. J'étais mal à l'aise ; mon père m'apparaissait soudain comme un homme aussi déplaisant et futile que les « grands » du lycée en train de se vanter de leurs exploits amoureux. Je ne m'ouvris jamais à lui, quelque pressantes que fussent ses questions et quelque peine que lui fît mon silence. Avec les années, comme s'il n'avait plus d'autre souci que de se conformer à l'image convenue d'un boucher fort en gueule, cet homme fin et élancé s'épaissit, partageant volontiers les plaisanteries douteuses de ses aides, qui ne m'aimaient pas et qui, après ma mère, étaient les êtres que je redoutais le plus.

Contre toute attente, ma mère devint ma seule confidente. Ces confidences étaient plutôt des confessions, voire les questions mêmes que mon père souhaitait que je lui pose ; j'en connaissais les réponses, mais une sorte de mauvaise conscience me poussait à les lui poser ; elles avaient trait à la sexualité. Ma mère les écoutait sans sourciller. J'imagine qu'elle en était gênée autant que moi ; du moins lui laissaient-elles croire qu'elle régnait sur mon esprit d'une façon plus sûre que les prêtres qui m'avaient catéchisé et qu'elle jugeait trop tolérants, sinon falots. Elle me répondait le plus simplement du monde — et cette simplicité (tout comme la douceur singulièrement dure de son sourire pendant que mon père me fouettait) me faisait rougir : loin d'établir entre nous une complicité que je n'ai jamais crue possible entre parents et enfants, elle me renvoyait toujours davantage à ma solitude d'adolescent, me donnant l'avant-goût de la solitude dans laquelle je vis aujourd'hui.

Ma mère finit-elle par voir dans mes questions (devenues, il est vrai, aussi nombreuses que les incisions que naguère je pratiquais sur mes mains et mes avant-bras) une forme de feinte innocente, voire de provocation ? Je sentais qu'elle ne se prêterait plus longtemps à ce jeu.

Vers l'âge de quinze ans, je fus témoin d'une scène qui m'ôta tout désir de parler. J'ignore ce que j'allais chercher, cet après-midi de février, dans le petit bâtiment situé de l'autre côté de la cour intérieure, et où l'on équarrissait. Il faisait presque nuit ; nulle lumière dans le bâtiment dont la porte n'était pas tout à fait fermée, et d'où sourdaient des grognements qui me firent croire à l'intrusion de quelque chien. Je me saisis d'une hachette fichée dans un billot sous le hangar à bois. Ce ne serait pas la première fois que je tuerais un de ces chiens errants qui étaient la hantise de mon père. Je pénétrai dans le bâtiment : je fis de la lumière et découvris Firmin, le plus âgé des apprentis, pantalon baissé jusqu'aux mollets, tablier noué autour du torse, en train de besogner — comme on dit à Siom pour nommer l'acte de chair — une carcasse de vache commodément disposée sur un établi. À peine s'il s'interrompit. Par défi, ou bien parce qu'il n'avait plus rien à perdre, il alla, sans cesser de me regarder, au bout de son plaisir avec, cette fois, des gémissements de fillette. Quand il se recula, ce ne fut pas son membre encore raide et sanguinolent qui me retint de crier, mais son regard éperdu et joyeux — d'une clarté peu commune à ceux qui ont les yeux marron : un regard innocent, qui traduisait une lassitude et un bonheur tels qu'ils plaçaient Firmin au-delà de toute culpabilité, me signifiant non seulement mon ignorance des choses de la chair mais l'espèce de stupidité dans laquelle je vivais. Nous restâmes longtemps face à face. Nous étions à peu près du même âge, mais ce à quoi je venais d'assister faisait de moi un gamin tremblant, prêt à hurler. S'il n'eût alors ouvert la bouche, Firmin eût gardé à mes yeux une manière de prestige, et nous aurions partagé ce secret, non parce qu'il s'agissait de Firmin, mais parce que je lui aurais été reconnaissant de ce qu'il venait de me révéler. Or, je tremblais, autant de froid que d'émotion. Firmin prit peur; il me supplia de ne rien dire; je ne voyais plus que le sang et le sperme dégouttant de son membre; sans doute mon silence le poussa-t-il, tandis qu'il se rhabillait, à ricaner, à me menacer d'essayer sur moi ce qu'il venait de faire sur la carcasse. Je ne bougeais pas. Il changea encore de ton, accusant ses camarades de semblables pratiques sur des bêtes vivantes, tentant même de me persuader qu'elles étaient courantes chez les apprentis bouchers et que mon propre père ne s'en étonnerait pas. La laideur de Firmin était soudain excessive : avec la peur que nous partagions elle fut sans doute la raison pour laquelle je rapportai la scène à ma mère. Celle-ci m'écouta sans broncher mais ne me regarda pas. Je pleurais comme si c'eût été moi le coupable. Il y eut un long temps de silence, après quoi ma mère déclara que la turpitude humaine existait depuis l'aube des temps, qu'elle ne cesserait pas et que, pour tout ce qui concernait ces choses, c'était à mon père que je devrais désormais m'adresser. Firmin fut chassé, à la demande de ma mère, mais pour un autre motif que celui dont je m'étais fait le délateur (et peut-être parce qu'il y avait eu, dans la façon dont j'avais relaté la scène, comme une demande de grâce).

VII

Je passais de la confession la plus crue aux mensonges éhontés. Dans toute autre famille, on se serait servi de l'histoire de Firmin pour m'éclairer sur le mal attaché aux choses du sexe ; chez nous, les bouches se turent. On exigeait que je me fasse une opinion par moi-même. J'aurais aussi bien pu être initié par les apprentis de mon père ou les domestiques de La Vialle (pédérastes par fanfaronnade et parce que, dans ces campagnes dépeuplées, les femmes étaient rares) que par une des rares putains de notre ville : les rues où elles vivaient devinrent des lieux de passage obligés, quoique je n'eusse ni l'argent ni le courage nécessaire pour sonner et pousser ces portes closes. Ma timidité était telle qu'elle me forçait à des mensonges auxquels je finissais par croire et qui me donnaient l'air satisfait et déplaisant, faisant de moi un être solitaire et violent alors que le moindre morceau de chair nue me laissait pantelant de désir et de détresse.

Pendant les vacances de Pâques, une jeune Hollandaise m'initia à l'amour physique. Ensuite, pendant plusieurs années, je restai comme vierge, incapable même (sans doute par souci de conserver intact le souvenir du plaisir unique que j'avais connu) de me donner de petites jouissances solitaires.

Elle était arrivée la nuit. Seule restait éclairée, à La Vialle, la fenêtre de ma chambre. Les chiens n'avaient pas aboyé. Aux premiers cailloux jetés contre les carreaux, je ne bougeai pas, croyant à quelque malveillance de garçons vachers des environs. Enfin j'ouvris la fenêtre : je ne distinguai qu'une silhouette mince et une épaisse chevelure crépue. La jeune femme parlait mal le français : nous usâmes de l'anglais. Elle traversait à pied le plateau de Millevaches et trop tard pour espérer trouver un hôtel ouvert aux Buiges ou à Meymac. Ma niaiserie me fit hésiter longtemps ; je bavardais, risquant à tout moment de réveiller les autres et tirant de la jeune femme un petit rire rauque qui m'irritait un peu. Je finis par descendre, lui montrai une étable propre, répandis du foin dans une mangeoire où elle déplia un sac de couchage. Nous nous assîmes sur les vieilles pierres du seuil ; elle fumait des cigarettes d'un tabac très blond qu'elle roulait comme un homme ; elle m'en donna une, que j'acceptai par bravade, me regarda crapoter en souriant, et me montra comment garder la fumée dans mes poumons sans m'étouffer. La tête me tournait. J'appuyai la joue contre le granit froid. Peut-être écoutait-elle comme moi l'eau s'écoulant par une gargouille dans le bassin d'un petit lavoir.

Ce fut elle qui rompit le silence. Elle me dévisageait, me parlait précipitamment dans sa langue natale ; sans doute souriais-je plus bêtement que d'ordinaire : elle éclata de rire ; je lui soufflai de se taire, allant jusqu'à poser ma paume sur ses lèvres. Elle approcha son visage ; son nez et son front luisaient un peu ; cela me déplut — à moins que je ne fusse effrayé par la soudaine proximité de nos deux visages (jamais je n'avais contemplé de si près un visage de jeune femme). Elle me demanda si c'était vraiment de mon grand-père que j'avais peur ; je ne répondis rien. Elle s'enquit de mes goûts ; avais-je bien compris sa question ? Est-ce parce que mon trouble était à son comble que je proférai, d'une voix éraillée, que j'aimerais devenir compositeur ? Phrase qui me parut moins un mensonge ou une ineptie que la vérité brusquement révélée d'une voie qui s'ouvrait à moi ; phrase surgie malgré moi, dans le mouvement le plus sincère d'un désir que la jeune femme exaspérait, une de ces phrases qui, après avoir longtemps couvé en nous comme une maladie, ne nous laissent plus jamais en paix.

La jeune femme eut ce rire léger des personnes que l'on étonne ; elle semblait prendre au sérieux mes paroles, mais ne me posa nulle autre question. Elle rentra dans l'étable ; je ne me souciais plus d'elle : du moins étais-je la proie d'un désir violent qui me rendait plus solitaire que jamais — comme si à l'imminence de mon initiation au plaisir était liée la bouleversante certitude, qu'avaient devancée mes mots, de devenir musicien... Je m'étais relevé; je regardais les étoiles; mes larmes coulaient silencieusement. Dans l'étable, la jeune femme avait accroché à un clou une lampe de poche et se tenait debout près de la mangeoire; je m'avançai en cherchant à fuir son regard, à ne pas voir son sourire, à glisser mon visage dans les coins d'ombre. Lorsque je fus devant elle, je l'entendis me dire combien elle aimait l'odeur de cette étable. Je lui parlai de la douceur des vaches, les Limousines surtout, les hautaines Salers et celles de l'Aubrac aux yeux cernés de noir; je lui parlai des heures que je passais à contempler leurs mouvements dans les pacages. Je parlais encore quand elle éteignit sa lampe et se mit à me déshabiller. Sa bouche avait un goût légèrement fade qui m'eût écœuré si la douceur de sa peau couverte de taches de rousseur ne m'eût donné de l'audace. Nous nous allongeâmes dans la mangeoire. Je fus maladroit, et long à trouver le plaisir. Je crois qu'elle se lassa vite, sans manifester toutefois la moindre impatience. Elle voulut dormir seule. J'errai toute la nuit dans les champs et finis par m'endormir sous des hêtres. Le lendemain, rien ne pouvait laisser deviner que la jeune femme avait passé la nuit dans l'étable : elle avait poussé je ne sais quel scrupule jusqu'à remettre en place les bottes de foin sur lesquelles elle avait dormi.

Au plaisir qu'elle me donna (plus qu'à elle dont je me rappelle à peine le visage) je devais songer comme à un moment que je dirai, instinctivement, stellaire : il éclaire ma nuit intérieure d'une lueur lointaine, secrète et ténue d'astre déjà mort; et jamais je ne devais en retrouver l'intensité. Que je sois né à La Vialle, que j'y aie découvert le plaisir et (comme je le crus) ma vocation de musicien, tout ça peut expliquer que j'aie cherché — telles les couleurs d'un paradis perdu — à restituer dans ma musique les espaces où je vins au monde, aussi bien que le mouvement qui nous dépossède de tout, y compris de nous-même. Il se peut aussi que seule la musique m'ait procuré — quoique sur un autre plan — une émotion aussi vive que celle du plaisir — certaines musiques m'ayant tiré des larmes ou jeté dans des hébétudes longues. Quant à la voie qui venait de m'être révélée, je ne tardai pas à me persuader qu'il me fallait m'y engager et que je n'y pourrais progresser que par une totale soumission à la création artistique. Ces termes prétentieux montrent assez ma sottise : le sourd et adolescent désir de bâtir une Œuvre n'était-il pas qu'une manière de me montrer digne du plaisir qu'une inconnue m'avait donné sans contrepartie ?

Cet épisode, je ne le gardai pas secret ; je me plus à en conter les détails ; on trouva cela trop beau pour être vrai ; certains prétendirent que seule quelque vieille fille de ferme pouvait m'avoir fait perdre mon pucelage. Je laissai dire. À seize ans, j'étais si maigre et si timide que je n'avais aucun succès auprès des filles. L'épisode me donna néanmoins de l'audace. À mon retour de vacances, je me piquais d'être musicien et composai de médiocres romances, de laborieux pastiches de Mendelssohn et de Schubert que je faisais corriger par mon professeur de musique.

J'étais un élève passable, sauf en classe de musique, où j'étais capable, devant mes condisciples ricanants, de parler de Scriabine, du Groupe des Six aussi bien que de la mise à mort de la viole de gambe par Antoine Forqueray. À cela je n'avais aucun mérite, puisque l'une de mes occupations favorites était d'écouter en compagnie de ma mère des concerts radiodiffusés, tout en feuilletant la même histoire de la musique dont les formules, les gravures et les notices biographiques me sont encore présentes à l'esprit. Pendant ce temps, mon père, que l'âge rendait d'humeur vagabonde, retrouvait dans un bistrot d'autres bouchers avec lesquels il bavardait, pour reprendre l'expression de ma mère, silencieusement.

J'ignore comment ma mère considérait mes ébauches ; elle ne m'en dissuadait pas plus qu'elle ne m'y encourageait. Mon père venait d'ailleurs de se blesser gravement, et elle ne pouvait plus se contenter de tenir la caisse. J'entends encore le cri puis les râles de mon père, dans l'arrière-boutique ; je le revois, la main presque détachée du bras, agenouillé au milieu de ses apprentis, la tête renversée : le sang dessinait de larges fleurs sur l'immense tablier blanc dans lequel ma mère lui enveloppa promptement le bras. Ces geignements de souffrance m'étaient insupportables, tout comme les yeux humides de ma mère : ils me semblaient obscènes et interminables et je n'aurais pas écouté avec plus d'horreur mes parents en train de s'étreindre. Qu'on ne me croie pas insensible, voire cruel, si devant les larmes ou la mort d'autrui je demeure de glace : j'ai trop souvent été battu pour n'avoir pas appris à dissimuler mon émotion et à considérer vérité et mensonge comme les deux faces d'une apparence futile. Seule m'importe ma propre mort. Et si je puis encore tuer un chien ou un chat à coups de hache, c'est que j'y fus contraint dès l'enfance, selon des gestes que tous mes ancêtres paysans ont pratiqués : gestes brefs et précis qui ouvrent dans le cœur, quand il s'agit de la mort d'animaux familiers, de petites chapelles où l'on se recueille longtemps...

VIII

Mes parents, la même année, m'envoyèrent en Angleterre. Je passai le mois d'août dans une petite ville du Dorset, au bord de la mer. À quinze ans, je n'avais guère quitté Ussel que pour des villes comme Limoges, Brive ou Guéret — et je n'avais jamais vu la mer. Je la découvris du haut de falaises crayeuses ; mais plus que la mer avec son ressac et ses cris agaçants de mouettes, j'aimai la lande que nous avions franchie pour parvenir au bord de la falaise, sans doute parce qu'elle me rappelait la lande qui s'étend derrière La Vialle, au-dessus du lac de Siom. C'est là, aussi, que le vertige me donna la première idée du suicide. Dans le groupe de jeunes Français dont je faisais partie, je paraissais un être sans éclat ; mon lourd accent corrézien faisait rire, tout comme mes vêtements mal coupés. Je n'en avais cure. Jamais je ne fus plus manifestement humble en même temps qu'orgueilleux. Si j'étais incapable de poser sur le monde et les êtres un regard calme et franc, du moins étais-je attentif aux mouvements qui avaient lieu en moi.

Plus que de paysages ou de figures, je garde de ce séjour anglais la mémoire d'odeurs, du bruissement d'une autre langue, et surtout de musiques nouvelles.

Je savais que j'allais vivre dans la famille d'un compositeur ; je ne m'en émus point : au contraire, je voyais là le signe clair et apaisant qui me confirmait que j'étais voué à la création musicale. Je résolus pourtant de cacher mes ambitions afin de voir comment «fonctionnait» un compositeur (de là, peut-être, l'origine de mon imposture). Mes essais se limitaient, je le répète, à des pastiches maladroits, encore que le souvenir d'un vitrail contemplé au crépuscule dans la cathédrale de Salisbury m'ait inspiré cet été-là une petite pièce pour piano d'un langage plus personnel. Si je me retrouvais dans cette famille, c'était assurément par la volonté qu'avait eue ma mère de ne pas me laisser un mois sans travailler le piano. Peter B. était un homme étrange. D'emblée il exerça sur moi une influence dont il me fallut des années pour mesurer l'importance. Il parlait les yeux fermés, le plus souvent, et on ne lui voyait alors plus qu'un visage tourmenté par l'attente de la réponse à la question qu'il venait de poser. La première fut, assez vivement, pour savoir si j'aimais Berlioz ; je répondis par la négative ; le visage envahi par une barbe sombre se délivra, la bouche noire (qui lui donnait une ressemblance avec Proust sur son lit de mort) se referma sur un sourire presque timide ; mon hôte répliqua que j'étais bien français, ajoutant, devant mon air niais, que comme tant de mes compatriotes je me faisais un devoir d'ignorer les musiciens de France. Je ne devais pas comprendre tout de suite la portée de cette remarque.

J'avais donc en face de moi un compositeur, un de ces personnages dont, sur un ton où se mêlaient admiration et réprobation, ma mère me disait que c'étaient tous des êtres bizarres. Cette étrangeté m'intriguait : j'en recherchais les signes dans les portraits de Beethoven, de Chopin, de Schumann, de Bruckner, de Wolf — et cette recherche n'avait d'autre fin que la confirmation de ma propre étrangeté : identifications fugitives qu'attisait la lecture passionnée de biographies et en quoi je décèle une autre origine de mon imposture. Non que je fusse, on a pu le voir, d'un naturel particulièrement étrange ; mais ce qu'il y avait en moi de singulier trouvait sa légitimation dans des fascinations communes chez un adolescent tourmenté par quelque vague mal du siècle.

Peter B., lui, était un homme vraiment étrange, tour à tour courtois, hautain et taciturne, péremptoire et attentif à autrui, cinglant et bon, en proie à des souffrances que je ne connus que bien plus tard. Il vivait, dans son petit cottage, entouré d'êtres délicieux : une femme dévouée et rieuse, un jeune fils d'une beauté et d'une gravité étonnantes pour un enfant de cinq ans, une rousse belle-sœur rêveuse et jolie qui ressemblait à Deborah Kerr, fumait avec des gestes d'actrice et ne sortait de son silence que pour m'interroger sur nos écrivains contemporains, et sa belle-mère — une de ces délicieuses vieilles dames anglaises si promptes à conter des histoires de revenants et que j'accompagnai un soir dans l'*Ave Maria* de Gounod.

Peter B. me parlait peu de sa musique ; je ne crois pas qu'il eût jamais fait jouer aucune de ses œuvres. Une après-midi, alors que, la tête appuyée aux carreaux ruisselants de pluie du bow-window, je lisais *le Jardin de Bérénice* (car mon hôte parlait admirablement notre langue et possédait une bibliothèque française), il me demanda s'il me plairait d'entendre une de ses sonates pour piano. Il avait parlé si doucement et de façon si timide qu'intimidé à mon tour et désireux de me montrer digne de l'événement, je pris un air important et fat. Il me laissa parcourir un instant son manuscrit avant de jouer sa sonate ; je n'en garde qu'un souvenir confus : j'étais tout à mon admiration et trop soucieux de préparer quelque jugement sur l'œuvre pour être capable d'écouter. D'ailleurs, il ne me demanda rien, et quitta la pièce dès qu'il eut cessé de jouer. De cette œuvre, comme des autres, il ne fut plus jamais question. En revanche, je dois à cet homme la découverte du *Sacre du printemps* et de la *Symphonie de psaumes* de Stravinski, du concerto pour violoncelle de Walton ainsi que de la 5e *Symphonie* de Sibelius. Nous passions nos soirées à l'écoute de la radio ; ou bien, si le programme n'intéressait personne, Peter B. nous jouait le *Clavier bien tempéré* en chantonnant à la manière de Glenn Gould ; ou encore il nous expliquait pourquoi il n'aimait ni Brahms ni Bartok : du premier il disait qu'il n'avait écrit qu'une musique de cadavre — «yes, the music of a corpse...»; à propos du second il affirmait que la musique doit venir de la tête (et citait Prokofiev, qu'il prisait) et non de la terre. Longtemps je fis — stupidement — miennes ces opinions. Sur lui-même, Peter B. était peu prolixe; mais, comme tant d'êtres secrets, il pouvait se confier d'une façon brève et inattendue. J'appris qu'il avait eu pour maître Ralph Vaughan Williams, compositeur «terrien», lui aussi, à qui il gardait pourtant une vive admiration, qu'il avait bien connu l'un des frères Powys ainsi que le peintre Augustus John, me révéla que Britten, qu'il avait fréquenté, était homosexuel (sans que j'aie vraiment su ni cherché à savoir si ce n'était pas là — on mesure mon ignorance — une autre des qualités ou particularités propres aux compositeurs), et surtout qu'il partagea quelque temps la vie misérable de Dylan Thomas (il me fit apprécier ses poèmes — sur l'un desquels je composai en quelques heures une mélodie, la seule de mes «œuvres de jeunesse» dont je ne rougisse pas). Ce fut chez lui enfin que j'entendis pour la première fois le nom de Stockhausen; quand je lui demandai qui était ce Stockhausen, dont l'œuvre compterait plus tard beaucoup pour moi, il me répondit, cinglant, et en français : «Des bruits...»

Sans doute l'ai-je déçu en ne lui dissimulant pas que j'aimais aussi cette musique pauvre et primaire qui allait m'occuper de longs mois, corps et âme, et qu'on appelait alors musique pop. C'est en Angleterre que j'acquis une guitare, sur laquelle j'appris très vite les accords fondamentaux du blues. Je revois l'espèce de grimace que Peter B. ne retint pas en découvrant entre mes mains un instrument pour lequel il m'avait dit avoir fort peu d'estime — partageant là-dessus l'opinion de ma mère dont j'affrontai le mépris avec, cette fois, une détermination telle qu'elle finit par hausser les épaules, me laissant libre de jouer de la guitare à la condition que je ne négligerais pas le piano. Peut-être songeait-elle alors au violoncelle autrefois détruit par son père...

Je ne négligeai point le piano, mais y trouvais d'autant moins de goût que mon unique souci était de constituer un groupe de musique pop. Je fus, pendant de longs mois, ridicule et vain, me laissant pousser les cheveux, proclamant l'obsolescence de la musique classique, tâtant de diverses drogues, ne lisant plus que des écrivains américains chez qui je croyais trouver la justification d'une «révolte» contre je ne savais quoi (surtout quand j'affirmais que c'était contre «l'ordre établi»); ce n'était là au fond qu'une manière de me rapprocher de mes condisciples et de respirer l'air du temps. Je m'appliquais à un dérèglement de tous mes sens qui, par sa mesure, montrait bien que je gardais, quoique momentanément aveugle, la tête froide. Sans doute mes parents ne s'y trompèrent-ils pas, qui n'opposèrent que peu de résistance à ces excentricités : période d'imbécillité qui eût cependant duré davantage si, peu avant les grandes vacances, je n'avais appris que Peter B. était mort.

J'entretenais avec sa femme une correspondance irrégulière ; elle me disait dans chaque lettre que Peter travaillait durement ; il reste singulier que je n'aie pas cherché à lui écrire, à lui, ni à m'enquérir de ses travaux. En m'apprenant sa mort, Mary B. me parlait en termes laconiques d'une maladie soudaine, puis d'une automobile qui aurait renversé son mari alors qu'il traversait une rue de Bournemouth. Tout me porte à croire qu'il s'était suicidé. Je ne savais que répondre ; ma tristesse était profonde, d'autant que j'avais fini par laisser entendre aux B., le jour de mon départ, puis dans mes lettres, que j'étudiais l'harmonie et le contrepoint, et que je travaillais à une sonatine pour flûte et piano. Mary m'avait dit que Peter avait foi en moi ; et il était trop tard pour lui dire la vérité. Je recopiai quelques vers d'un sonnet de Shakespeare. Mary m'en remercia et m'apprit qu'elle avait répandu les cendres de son époux sur la lande, au-dessus des falaises d'où j'avais découvert la mer.

Pour moi, Peter s'était suicidé parce qu'il ne pouvait plus composer ; en outre, aux questions que je lui posais concernant son œuvre, Mary me répondait de façon si vague que j'en vins à douter si Peter composa — ou garda de ce qu'il écrivit — autre chose que la sonate qu'il joua pour moi et de laquelle je fus assez sot pour ne pas lui parler. Le personnage me fascina de plus belle : non seulement je faisais miennes toutes ses opinions, mais il m'arrivait de parler comme lui, yeux clos, ou d'interpréter à sa manière — et au grand dam de ma mère — le *Clavier bien tempéré*.

IX

Je continuais de pratiquer la musique pop et de croire que je l'aimais. La mort de Peter B. me fit néanmoins considérer la vraie musique non plus comme une source de divertissement mais comme l'objet d'une quête encore mystérieuse. Pendant de longues heures je déchiffrais les dernières sonates de Beethoven ou les œuvres de Fauré vieux. Enfin je découvris les *Préludes* de Debussy, un mercredi après-midi, dans la boutique du seul marchand de musique d'Ussel. J'ignore combien de temps je restai là, debout, à feuilleter la partition ; une légère sueur me couvrait tout le corps ; je comprenais, comme si j'eusse été soudain mêlé à l'éclair ou bien roulé dans un torrent de montagne, que la musique était capable non seulement d'évoquer des sensations, des paysages, des visages aimés ou grotesques, mais encore de me donner à voir le monde, plus puissamment que la littérature et la peinture, le monde visible et invisible, recomposé et retrouvé dans son ordre le plus secret, le plus intime.

Je devins debussyste comme d'autres, à seize ans, rimbaldiens ou surréalistes — sous le choc de ce qu'il me faut bien nommer une révélation majeure. Je me mis à composer des pièces pour piano dont chacune était une manière d'hommage à Debussy, écrites dans une fièvre qui me rendait étonnamment lucide. Je me laissai pousser une barbe pareille à celle que le compositeur portait à la fin de sa vie : une vie dont je n'ignorais plus rien et dont je regrettais seulement (on voit là l'ampleur de ma niaiserie) qu'elle n'eût pas le tragique de celle de Schumann ou de Duparc.

Cette passion ne fut ignorée de personne, quelque quolibet qu'elle me valût de mes camarades — à qui je restais encore fidèle. J'avais même obtenu de mes parents qu'ils me laisseraient retourner en Angleterre, dans l'île de Wight, où avait lieu un grand festival de musique pop. Toute la jeunesse d'Europe en était agitée. Je ne tardai pas à me brouiller avec le camarade qui m'accompagnait. J'errai seul quelque temps dans la campagne anglaise, dormant dans des gares, des stations d'autobus, les fourrés des parcs. Une nuit, un jeune homme me réveilla et me demanda de le laisser se glisser dans mon sac de couchage; j'étais prêt à me battre; mais le jeune homme était simplement transi; il s'endormit aussitôt contre moi. À l'aube, nous regardâmes le soleil se lever sur des étangs brumeux. Le jeune gars parlait un bon français; je lui dis que je me rendais dans l'île de Wight : il eut un rire bref; il ne comprenait pas qu'un citoyen d'une nation qui comptait un si grand nombre d'écrivains, de peintres, de musiciens, de cinéastes de génie, puisse aller s'abrutir au milieu d'une foule malsaine, à écouter une musique qui n'était rien d'autre que la dégénérescence de toutes les autres musiques... Je ne me rappelle plus le visage de ce singulier personnage; je ne crois pas l'avoir regardé disparaître; je demeurai immobile la plus grande partie de la matinée, songeant à La Vialle, à Debussy, à Peter B., à ma mère. Il y avait en moi une clarté plus vive que la lumière de plein midi tombant sur les étangs. Je n'avais rien mangé depuis deux jours. J'étais la proie d'une certitude plus forte que toute joie. Je repris le chemin de la France.

X

Je voudrais me taire. Je suis pourtant loin d'avoir achevé cette confession et montré l'ampleur de mon imposture et ses conséquences néfastes ou dérisoires. Écrivant sans contrainte, j'éprouve qu'il n'y a pas de confession sans complaisance — encore que cette complaisance soit aussi une façon d'atteindre sûrement le plus fétide de moi-même. Je ne regrette pas de m'être voué à la musique : la littérature m'aurait conduit à une imposture bien plus grande. Je sais qu'on n'en finit pas avec les mots ; ils m'apparaissent comme des instruments aussi fascinants, dangereux et sûrs que les couteaux et hachoirs de mon père, bien rangés et luisants dans la pénombre de notre boutique, après une journée de travail. Ces instruments, ces mots, je suis en train de les tourner contre moi ; j'élargis mes blessures, rouvre des cicatrices anciennes, blesserai des personnes qui me furent proches. Je n'ai pas envie de mourir ; mais ai-je la force de continuer à vivre ? Est-ce que je ne me comporte pas tel un meurtrier en quête de lui-même comme unique et impossible victime ?

Je me dis parfois que je ne diffère guère de mon père ; il m'arrive d'envier son savoir-faire, ses gestes immémoriaux, son intimité sereine et quotidienne avec la mort qu'il donne, avec le sang, les entrailles tièdes, la poussière d'os. Sa vie s'écoule dans un silence plus pur que le mien. Son métier est aussi noble que celui de musicien.

J'ai beau avoir passé la trentaine et être devenu un « artiste », l'admiration discrète que me portent mes parents n'a guère fait évoluer nos rapports familiaux. Ceux-ci restent à la fois simples et énigmatiques, violents, lointains, décevants et, somme toute, rien de moins que normaux. On met au compte de la condition d'artiste cela même qui relève de haines très anciennes et inavouables. Comme mon père, dans le regard de qui je surprends par moments un sourire triomphal, ma mère a sans doute deviné que les valeurs à quoi s'attache un artiste tel que moi sont aussi fausses et obsolètes que celles de la famille ou de l'amour ; mais ils ne le laisseraient dire pour rien au monde. Tout se passe comme si mes parents me signifiaient qu'ils ne s'étaient jamais pris à mon jeu. Mon histoire, ma vie, ce que les autres appellent mon Œuvre, quelque publiques qu'elles soient, leur appartiennent plus qu'à moi, qui ne m'appartiens presque plus. Je suis en train de l'ébruiter ; aurais-je encore la vanité de la croire exemplaire et de couronner en quelque sorte le bruit que j'ai déjà fait dans le monde par un peu plus d'éclat ?

Je passai trois années dans une manière d'innocence ascétique. Mon désir d'être compositeur était connu de tous ; dans notre petite ville, pareilles prétentions, si elles ne se justifient point par quelque réalisation immédiate ou un prodige, passent pour excentriques. Le soupçon pesait sur moi ; je suscitais l'envie ou la risée ; on ne s'approchait de moi que pour mieux s'éloigner ou mesurer ce qui me séparait, croyait-on, de tous : approximations furtives qui me valurent bientôt l'hostilité générale. J'en souffris, même si je trouvais dans cette souffrance une espèce de réconfort ; non que je voulusse jouer à l'artiste maudit : au contraire, je travaillais, étudiais et vivais avec une confiance en moi qui allait croissant. Je revois cette période telle une nuit de pleine lune où j'avançais, les yeux ouverts sur une transparence calme. Pouvait-il en être autrement ? La foudre debussyste m'avait-elle laissé le choix ? Et quelle part de défi, voire de juvénile révolte, entrait-il dans ce qui restait en moi de pur ? N'était-ce pas à cette partie non calcinée de mon être que j'allais tenter, par ma musique, de rendre un hommage perpétuel ? Ainsi se tourne-t-on vers les paradis condamnés de l'enfance qu'on croit retrouver, par éclairs, dans les yeux des femmes.

Sur ce que je composais alors, mes parents n'émirent que des opinions embarrassées, quoique nullement hostiles ; je ne laissais pas de m'en étonner : je venais de découvrir (mais le choc fut moins fort que celui des *Préludes*) l'École de Vienne, notamment la *Sonate* de Berg, les *Six petites pièces* op. 19 de Schönberg et les *Variations* op. 27 de Webern — et j'écrivais sous l'influence des Viennois de courtes pièces atonales qui auraient dû pousser mes parents à me détourner de la musique... L'opiniâtreté avec laquelle je travaillais le piano et allais suivre à Clermont-Ferrand les leçons d'un vieux maître de composition jouait en ma faveur : cet homme, ancien élève de Tournemire (dont il me fit aimer l'œuvre, ainsi que celle de Messiaen), avait hérité de son maître un mysticisme tempéré et une autorité dans laquelle entrait beaucoup de douceur. Il avait depuis longtemps renoncé à toute œuvre personnelle mais improvisait à l'orgue de la cathédrale dans une manière qui lui était propre : originale, audacieuse, à la limite du silence. Je voulus interroger mon maître sur son renoncement : il hocha sa tête dégarnie, replia doucement ses doigts courts et pleins de taches de vieillesse sous son menton et me dit, les yeux tournés vers la fenêtre battue par la pluie :

— Je ne suis pas certain de savoir me l'expliquer à moi-même... Retenez déjà le peu que je vous ai appris; et sachez que l'échec peut être le moteur d'une œuvre, sinon d'une vie...

Bien des années plus tard, un soir d'extrême détresse, ces paroles me revinrent à l'esprit; ma propre vie était mise en jeu par «mon Œuvre»; je retournai à Clermont pour interroger mon vieux maître : je me retrouvai en face d'un vieillard édenté, qui ne cessait de rire avec de petits cris, en sautillant sur place.

Il était autrefois parvenu à convaincre mes parents

que j'avais plus que du talent et qu'il serait bon de m'envoyer poursuivre mes études à Paris. Peut-être l'hostilité croissante des Ussellois pesa-t-elle aussi dans la décision de mes parents ; il est également possible qu'ils fussent fiers de moi. Jamais nos rapports ne furent aussi enjoués que pendant les mois qui précédèrent mon départ. Je consacrai de longues heures à ma mère, et particulièrement à ces séances de piano à quatre mains qui, je le devinais, lui causaient un plaisir intense — mais nous n'aurions pour rien au monde laissé paraître, sur nos figures comme dans notre jeu, la moindre émotion. Quant à mon père, j'acceptai de bonne grâce qu'il me montrât comment découper la viande :

— Au moins sauras-tu cela, me dit-il à voix basse, comme s'il m'initiait là à un art complémentaire du mien et non moins mystérieux.

Je m'appliquais à garder mes mains sur la viande froide dont l'odeur, depuis l'enfance, me tournait le cœur ; mon père m'avait revêtu du grand tablier blanc ; il me regardait découper avec un sourire bon, les yeux humides. J'ai honte d'avouer que je le trouvais ridicule. Je ne voulus cependant pas être en reste d'émotion ; je souriais aussi, la tête basse, sachant que mon sourire ne pouvait que sembler — comme il l'est la plupart du temps — ironique ou déplaisant : j'enfouis ma main gauche dans un quartier de viande et m'y tailladai la paume ; quelque vive que fût ma douleur, je réussis à retenir cri et grimace et tournai vers mon père un visage radieux, muet, aux yeux secs.

XI

Je partis pour Paris, à l'aube d'un matin de septembre. Il pleuvait. Sur le quai, mes parents se tenaient par la main, l'air grave, un peu gauches ; en retrait, trois ou quatre aïeules avaient regroupé leurs têtes grisâtres et murmuraient probablement leur désapprobation. Je trouvai la scène si dérisoire que je me fis une de ces promesses vaines et vagues qui sont une manière de ne point céder à l'apitoiement : ne me disais-je pas que je quittais ma province à jamais ? C'est pourtant avec tous les ridicules d'un provincial que j'entrai au Conservatoire national supérieur de Musique. On se gaussa de mon teint rougeaud, de mes habits mal taillés, de mes souliers démodés. Le surnom de paysan me fut vite octroyé. Je ne m'en offusquai pas. Une bonne âme se chargea de me pourvoir en conseils, renouvela ma garde-robe et m'emprunta une somme assez importante que je n'aurais jamais récupérée si mon atavisme de paysan corrézien ne me l'eût fait réclamer publiquement. Je ne me souciais pas du ridicule ; je songeais que ma mère n'eût pas toléré la perte de cet argent. Mon débiteur m'ayant fait savoir qu'il était prêt à me rembourser, je me rendis dans un café, près du Luxembourg ; il était entouré de jeunes gens bien mis, à l'air distrait ou ennuyé ; il déclara sur un ton rogue qu'il ne devait rien à un écolier limousin. Je tirai de ma poche un couteau à cran d'arrêt dont je ne me suis jamais séparé depuis l'enfance et qui me servait, à La Vialle, à tailler des pipeaux, à tuer des coqs, à énucléer des lapins. Mon geste stupéfia ; j'obtins gain de cause. On me craignit, me respecta. J'établis avec mes condisciples des rapports en quelque sorte normaux ; je ne fus contraint à ni plus ni moins d'hypocrisie qu'au lycée d'Ussel ; c'est-à-dire que je fus à peu près seul. Les autres se montraient soit arrogants, soit, comme les élèves étrangers, réservés et travailleurs.

J'eus des maîtres illustres. Je fus un élève effacé, attentif, médiocre. L'enseignement de Messiaen détruisit toutes les fausses idées et les certitudes que je m'étais forgées. La musique que je composais à cette époque se plaçait sous le signe du sérialisme généralisé et de structures emboîtées ; je me frottais aux sons électroniques ; je me dissimulais derrière un double langage musical et théorique qu'on pouvait qualifier d'avant-gardiste. Je n'étais rien — et néanmoins heureux d'être enfin parvenu à ce degré où il me faudrait apprécier si j'étais vraiment destiné à la musique. Sans doute aurais-je fini par aller au bout de mon inanité si je n'avais alors rencontré Anne.

Jusque-là, je n'avais connu qu'amourettes sans lendemain. Je satisfaisais mes besoins sexuels en solitaire ou bien avec des putains. Je me croyais et me prétendais incapable d'aimer. Dans les biographies de musiciens, desquelles j'étais plus que jamais friand, les épisodes amoureux m'exaspéraient, tout comme le fait que les compositeurs engendrassent autre chose que de la musique. J'avais fait mienne l'opinion de Chamfort selon qui l'amour n'est que l'échange de deux fantaisies et le contact de deux épidermes ; je la clamais bien haut — ce qui renforçait la simplicité avec laquelle j'affirmais que seule compte l'Œuvre et que la vie d'homme doit s'anéantir sous la vie de l'artiste. Aussi étais-je heureux que ma propre vie ne comportât nul épisode remarquable. Je ne me rendais pas compte que mes propos, nourris de sévères théories littéraires et philosophiques alors à leur apogée, donnaient de moi l'image d'un homme aussi secret qu'intransigeant. Je me savais sans génie ; ma taciturnité, mes jugements péremptoires n'étaient que l'héritage de Peter B. Assuré de mon néant, je m'appliquais avec la plus grande ferveur, aussi bien dans ma musique que dans ma façon de parler ou de vivre, à imiter des personnages éminents, relevant chez l'un un tic langagier, chez l'autre un accent ou un motif musical que je m'appropriais pour quelque temps, sans vergogne ; je pensais être moi-même, et cela passait pour de l'originalité ! Habile à transformer ces emprunts, ces fascinations, ces accès d'enthousiasme, j'acquis, quoique prudent, de la réputation : loin de m'en satisfaire, j'y puisais la force de continuer à composer ; au plus fort de l'imposture, je travaillais aussi vaillamment que n'importe quel autre musicien.

Anne, rencontrée lors d'un colloque rassemblant compositeurs, sémiologues et écrivains, et où je n'ouvris presque pas la bouche, m'aborda dans un couloir de l'université de Vincennes pour me dire combien elle avait été frappée de ce que j'avais pourtant bredouillé au sujet des rapports entre la poésie de Trakl et la musique de Webern. Je rougis, voulus me dérober, regardai les murs couverts d'affiches et d'inscriptions politiques naïves et rageuses, continuai à marcher, toujours plus lentement, vers le ciel que j'apercevais à l'entrée du couloir. La colère me fit dévisager la jeune femme : je l'aurais trouvée gracieuse, voire jolie, si elle ne se fût entêtée à me dire son admiration pour l'une de mes compositions, récemment créée par un grand orchestre, avec des œuvres d'autres élèves du Conservatoire. L'admiration que l'on peut me témoigner me fait généralement trouver mes interlocuteurs idiots — particulièrement les femmes ; non que je sois la proie de quelque misogynie : au contraire, les rares amis que j'eus étaient des femmes ; avec elles, je pouvais parler sans retenue, franchement et sans m'ennuyer. Mais le visage d'Anne, par exemple, semblait déjà dénoncer ses propos, à tout le moins jurer avec eux, donnant à cette figure aux traits réguliers, aux pommettes hautes, aux lèvres minces mais bien dessinées, aux yeux sombres, un air à la fois triste, hagard, quasi stupide. Peut-être n'était-il que le miroir de ma propre niaiserie...

L'université se trouvait dans un vaste bois. J'étais agité d'une fièvre que je ne m'expliquais pas — partagé entre l'exaspération et la terreur de me retrouver seul. Je proposai à Anne, puisqu'elle ne se décidait pas à s'en aller, de regagner la ville à pied. Je ne me rappelle plus de quoi nous causâmes ; sans doute ai-je fait parler Anne d'elle-même, tout en guettant les prostituées qui se tenaient entre les arbres : malgré le froid, certaines avaient le buste nu, blanchâtre, et le regard vide, comme dans un tableau de Delvaux ; l'une d'elles me troubla infiniment : une très jeune Eurasienne à la poitrine lourde. Anne s'aperçut-elle de mon trouble et du peu d'attention que je portais à la conversation ? À l'orée du bois, elle s'arrêta, le visage tendu ; elle parvint à saisir mon regard et demanda :

— Voulez-vous de moi ?

Sa voix était plus nue que son visage. Je souriais. Je renversai plusieurs fois la tête vers le ciel violacé. Il faisait presque nuit ; nous étions seuls sur l'immense esplanade du château d'où Sade, emprisonné, avait envoyé à sa femme de belles lettres dont j'avais un temps caressé l'idée de tirer une action dramatique. Le désir qu'Anne me révélait entrait en lutte avec celui que j'avais de la jeune prostituée. Sans doute étais-je incapable d'accueillir ses paroles. Je me taisais, ne voyais pas les larmes que celle qui m'accompagnait ne cherchait pas à dissimuler.

— Je suis indigne de vous.

J'avais murmuré cela en détournant la figure. Les larmes d'Anne m'exaspéraient; j'aurais pourtant aimé pleurer; je ne pouvais m'empêcher de songer à la jeune putain.

Anne retrouva son calme. Je m'accroupis à ses pieds, comme pour manifester sans trop de bouffonnerie mon indignité et tenter d'apaiser de soudains maux de ventre. C'est dans cette position que je trouvai le courage de lui avouer mon goût quasi exclusif des prostituées. Elle se mit à sourire avec cet air de triomphe qui parfois s'empare des femmes qui découvrent l'empire qu'elles viennent d'acquérir sur un homme. Elle me prit la main, me força à me relever, saisit mon visage entre ses doigts et chercha ma bouche que je lui abandonnai en pleurant.

Je la suivis chez elle. Nous nous étreignîmes silencieusement. Mon plaisir fut peu intense : le souvenir de la jeune putain ne me quittait pas. Je refusai de dormir avec Anne. Je regagnai mon appartement le cœur délivré, presque joyeux, marchant d'un pas vif dans une aube froide.

XII

Anne n'était guère plus amoureuse de moi que je ne l'étais d'elle. Elle m'admirait et j'aimais en elle la franchise de son regard, la douceur de sa voix, son intelligence. Nous en vînmes assez vite à ne pas pouvoir nous passer l'un de l'autre. Elle m'apprit à jouir de son corps et à ne plus détester le mien. Elle poursuivait des études de philosophie. Ses parents appartenaient à la moyenne bourgeoisie, d'esprit libéral. Ils ne firent nul obstacle à notre mariage qui fut, pour moi, une cérémonie hallucinatoire dont je ne perçus que le ridicule. Je m'enivrai, fus malade, m'endormis. Anne était radieuse : n'avait-elle pas ce qu'elle voulait : un mari qui fût un déni de la médiocrité ? Je m'étais plié à sa volonté : que m'importait mon nouvel état, du moment que je pouvais me consacrer davantage à la composition ?

Qu'on me comprenne : ce n'est ni par faiblesse ni par indifférence que je me mariai. De ce mariage je n'attendais nul bonheur (j'avais depuis longtemps banni l'idée d'être heureux comme les autres, quels que fussent les tourments dont j'étais la proie), mais qu'il rendît possible cette phrase maintes fois relue dans des encyclopédies ou des biographies de musiciens : «Désormais l'histoire de sa vie se confond avec celle de son œuvre.» Phrase que je répétais fréquemment à ma femme : elle souriait, acquiesçait. Pas plus que moi, elle n'en mesurait les dangers : il est vrai que l'apparente banalité de ces mots dissimule l'effrayante discipline qu'elle suppose. Or, il y avait chez Anne trop d'admiration pour moi et, donc, d'abnégation pour que pareille phrase n'ait pris, avec les années, un empire maléfique sur son esprit. Si je faiblissais, en venais à maudire la musique, parlais de renoncer à tout pour me consacrer à des tâches que je prétendais plus saines, comme retourner à La Vialle et m'occuper de la ferme, Anne entrait dans un silence réprobateur et interminable, qui finissait néanmoins par susciter en moi je ne sais quel sentiment de culpabilité tant envers elle qu'envers l'Œuvre à accomplir. En vain tentais-je de représenter à ma femme la difficulté extrême de l'entreprise et le danger qu'elle courait à y contribuer : elle faisait tout pour que rien ne vînt troubler les heures que je passais à ce qu'il me plaisait de nommer (je l'avais lu tant de fois dans les légendes de portraits de compositeurs célèbres) ma *table de travail*.

Quand j'eus quitté le Conservatoire, nanti d'un prix de composition, Anne n'avait pas encore achevé ses études. Les années passées rue de Madrid m'avaient aigri contre les institutions et les courants musicaux dominants ; je m'y étais fait plus d'ennemis que d'amis. Je ne m'engageai pas dans les voies, étroites il est vrai, mais prometteuses, qui s'offraient à moi. Je rompis avec mes anciens condisciples, détruisis la plupart des compositions datant de cette période : ce fut là un acte qui me sauva probablement d'une autodestruction imminente. Je refusai de m'en expliquer devant Anne, à qui je faisais parfois peur mais qui était prête à en supporter bien davantage. Je vivais comme un être perdu, tourmenté par le haut souci de l'Œuvre, et persuadé de la vanité de toute entreprise humaine.

J'avais récusé les influences de Webern, de Boulez, de Stockhausen. Le sérialisme et le travail sur bandes magnétiques m'ennuyaient autant que le discours par quoi je me croyais tenu de justifier la moindre des mesures que j'écrivais. Je voulais un langage à moi, fût-il l'exacerbation pervertie d'un certain classicisme. Je restais, à mes propres yeux, une sorte d'autodidacte terrien et rusé. Je pris en horreur la musique de mon temps. J'avais vingt-cinq ans et devinais confusément que j'étais à un tournant de mon existence. Reconnu de quelques-uns seulement, j'aurais aisément pu me défaire de ce semblant de notoriété. C'est à ce moment-là que j'aurais dû renoncer à la musique.

XIII

Il m'était impossible de cesser de composer. J'entrai dans le corps enseignant à la fois par nécessité et par souci d'une plus grande humilité. Moi qui aurais pu aller vivre à la Villa Médicis, je me retrouvai dans un collège du Nord, tentant d'inculquer à de frustes adolescents des notions de solfège et le goût de musiques qu'ils ignoraient. J'étais séparé d'Anne toute la semaine ; j'en souffrais — et passais une grande partie de mes nuits à composer. Détaché de l'avant-garde, je me tournais avec ivresse vers les œuvres du passé et vers des « indépendants » comme Henri Dutilleux et Samuel du Bois. J'entretins avec ce dernier une sorte d'amitié brève mais décisive, notamment pour l'élaboration de la première de mes œuvres que je ne désavoue pas (encore que je l'aie considérablement remaniée et incluse dans mes *Sept pièces pour instruments à cordes*). Je n'ai rencontré que cinq fois Samuel du Bois. Ombrageux, timide et solitaire, il m'apprit les vertus de la rareté et de la solitude ; il me fit aussi entendre que la vie comptait plus que l'Œuvre. Je me rappelle le court séjour que je fis dans sa retraite berrichonne : il eut pour moi l'importance et le romanesque qu'a pour certains héros de Henry James la visite à de grands et secrets écrivains. Ce n'est point par hasard que je nomme cet écrivain; son *Autel des morts* m'inspira, si je puis dire, ma première œuvre exécutée et publiée : ma *Chambre des morts*, opus 1, pour petit orchestre. Je garde une reconnaissance et une admiration inentamées à du Bois et aux quelques amis qu'il me fit connaître. Est-il certain que sans lui je me serais tu à jamais, et, ayant anéanti les illusions d'Anne, que je lui aurais accordé ce qu'elle souhaitait sans vraiment me l'avouer : être mère?

Je finis par abandonner l'enseignement. Nous vivions chichement, du salaire d'Anne. Pauvreté illusoire : ma mère me versait une petite pension et je touchais quelque argent pour des articles de critique musicale. Mes rapports avec Anne se détérioraient; ni elle ni moi ne voulions cependant l'admettre. Il ne pouvait en aller autrement : Anne ne récoltait-elle pas, avec mon égoïsme, mes sautes d'humeur, mon cynisme, mon goût du silence, mon refus de plaire, mon sentiment ambigu de l'échec, cela même qu'elle m'avait aidé à semer? N'était-ce pas à elle, plus encore qu'à ma mère, à ma solitude provinciale, à Peter B., à mon vieux maître, à du Bois, à Debussy, que je devais d'être devenu un compositeur reconnu par les aînés auxquels j'avais tout fait pour ressembler? Davantage : n'est-ce pas pour régler je ne sais quelle dette amoureuse que je me suis pris au jeu, accomplissant toutes les volontés d'Anne ?

À ce jeu, je me suis prêté avec une complaisance d'autant plus grande que j'estimais avoir payé mon tribut à l'humilité et à la solitude. Je passe pour m'être fait tout seul : rien n'est moins vrai, même si j'ai travaillé comme un vrai compositeur, connaissant les affres que décrit Flaubert pour la littérature, me soumettant à des travaux harassants, parvenant à des satisfactions aussi intenses que vaines, bref ne différant d'un vrai compositeur que par l'opiniâtre volonté d'inscrire ma vie dans une histoire, et mon histoire dans une vie, et m'excluant par là de toute existence véritable, de la vraie vie. Reste que j'avais toujours présentes à l'esprit, lorsque je composais, les œuvres d'autres compositeurs. Toujours dans ces œuvres me guidait un motif ou un thème que je faisais mien, travestissais, et dont je me servais comme d'une pioche. Je n'ai jamais rien écrit que je puisse revendiquer comme m'étant absolument propre. Voilà pourquoi le mot de créateur m'était insupportable. Les critiques parlent à mon sujet d'une inspiration quasi religieuse traduite dans un langage tonal fort complexe, mais presque néo-classique : n'est-ce pas là une manière de me signaler mon insignifiance ?

La chambre des morts, créée peu avant mon trentième anniversaire, me valut un succès d'estime. On y trouva des qualités ; on souligna aussi des influences que non seulement je reconnus mais dont je complétai la liste lors d'une interview radiophonique : du Bois, le Mahler des adagios, *la Nuit transfigurée* de Schönberg, *Jeux* de Debussy; je prétendis même qu'il n'y avait d'« inspiré », dans cette composition, que l'hommage rendu à ces musiciens admirables. On ne me crut pas; on voyait là tantôt de la provocation, tantôt une modestie excessive. Ma *Symphonie de chambre* opus 2 s'inscrivait encore dans la tradition de du Bois, des *Métamorphoses* de Strauss, de la *Suite lyrique* de Berg mais aussi de la *Musique pour cordes, percussions et célesta* de Bartok ou des *Métaboles* de Dutilleux : c'est une œuvre plus claire, plus chatoyante que la précédente. Certains la jugèrent d'une inspiration moins haute; d'autres en louèrent la lumière — une couleur orchestrale et une organisation rythmique qui, disaient-ils, n'appartenaient qu'à moi.

Je m'irritais de toutes ces remarques qui eussent pu s'appliquer à n'importe quel jeune compositeur. Mais je me montrais heureux qu'Anne y trouvât la récompense de nos efforts. J'avais l'habitude de dire que tout le mérite n'en revenait qu'à elle : on prenait cela pour de la coquetterie. Un jeune critique décela dans ces deux œuvres un cheminement autobiographique, « comme une tension qui s'avance vers un extrême où la musique tend à se dépouiller de ses vertus séductrices pour atteindre à une sorte de paix, et dans laquelle le piano tiendrait le rôle de narrateur ». C'était bien vu; mais cette perspicacité me gêna; en outre, le jeune musicologue donnait à mon entreprise une dimension inattendue, comme s'il m'en révélait « l'authenticité » — une authenticité qu'il allait me falloir non seulement justifier par des œuvres nouvelles, mais aussi mériter par un travail plus soutenu : bref, il me signifiait que j'étais entré dans l'interminable travail de l'Œuvre. J'en conçus une satisfaction intense, mêlée de désarroi. J'étais au centre d'insoutenables paradoxes.

Anne. Je m'éloignais d'elle à mesure qu'elle m'aidait dans mon travail et voyait plus clair en moi. J'étais prisonnier d'elle comme de « mon Œuvre » et de la « biographie » que je me composais sans savoir si j'agissais encore sur sa trame ou bien m'abandonnais à la machinerie infernale que j'avais élaborée en me voulant, à tout prix, compositeur. J'allais à l'aveuglette : ma lucidité n'était qu'un surcroît d'aveuglement. Les contradictions dont j'étais la proie ne devenaient-elles pas à la fois raison de vivre et obstacle majeur à la vie ? N'avais-je pas enfin trouvé un petit « tragique » à ma mesure ? Cela, je l'éprouvai lors d'une tentative de suicide qui ne mit pas vraiment mes jours en danger : ils l'étaient bien autrement par mon rapport à « mon Œuvre ».

Anne me découvrit, allongé sur un banc de pierre, dans le parc de la résidence où nous vivions, dans la proche banlieue de Paris. Je ne cessais de parler : on me croyait ivre ; je me relevai, fis quelques pas et m'effondrai. Anne était moins horrifiée par mon geste que par l'espèce de bonheur insensé qu'offrait mon visage. Plus tard, lorsque je fus remis de ce que les médecins nomment dépression nerveuse, je tentai d'expliquer à ma femme que je n'avais pas réellement cherché à mourir ; du moins cette douleur inexplicable, qui m'avait étreint et jeté hors de moi au moment où j'avalai des tubes de somnifères, s'était-elle muée en un pur et intense frémissement de joie, une joie insoutenable qui me délivrait de moi pour la première fois. J'insistai sur le bonheur qui en découlait. Anne me gifla ; mon arrogance était à son comble : ma compagne mesurait-elle quelle distance nous séparait ? Elle sanglotait, et je ne pouvais que sourire, allongé sur mon lit, bouffon à bout de forces qui trouve dans une cruauté momentanée de quoi garder son masque. Anne ne s'y trompait pas. J'eus la bassesse de lui dire que rien n'était changé, que je souhaitais ne point déchoir dans l'idée qu'elle s'était faite de moi, que je pourrais sur-le-champ sacrifier « mon Œuvre » à mon amour. Je mentais effrontément, même si, sur le moment, mes paroles avaient, pour moi seul, une manière de sincérité si simple qu'elles me tirèrent des larmes. Pouvais-je alors deviner à quel point le lent processus de déchéance, de destruction était entamé ? M'était-il permis d'avouer à Anne qu'il lui faudrait désormais payer à son tour l'imposture, voire la monstruosité qu'elle avait contribué à forger avec tant d'abnégation et d'amour : un compositeur ?

Nous en vînmes à des concessions navrantes. Anne (reprenant une agaçante expression qui était dans l'air du temps), désireuse de « sauver notre couple », voulut un enfant. Je m'y résignai. On voit là toute ma lâcheté. C'est pendant sa grossesse que je composai mon opus 3, les *Sept pièces pour ins-*

truments à cordes. Elles parurent si sombres qu'elles ne furent appréciées que de rares amis et de quelques critiques (dont la jeune femme à la boucle d'argent que j'évoque au début de ma confession). Faut-il voir dans ce qu'elles ont de noir, de désespéré même, le simple reflet de mon état d'esprit ou bien la plus terrible prémonition ? Depuis plusieurs mois, je me tournais avec passion vers la seule musique qui, outre la musique de chambre, pût encore me requérir : la musique d'église, les Messes des morts, les Leçons de ténèbres, les œuvres religieuses de Poulenc, de Messiaen, d'Ohana...

Né avant terme, notre fils, que nous prénommâmes Pierre, mourut au bout de quelques jours. Anne accepta que notre enfant fût enterré dans un petit cimetière voisin de La Vialle et dans lequel il est probable que je reposerai. Depuis mon arrivée à Paris je ne me rendais plus à La Vialle que pour de brefs séjours d'automne, pendant lesquels je m'ennuyais : mon grand-père était mort, la plupart de nos terres avaient été louées à des fermiers voisins, et Anne (qui s'entendait mal avec ma mère) ne supportait guère de me voir régresser, comme elle disait, en compagnie de paysans souvent ivres et braillards. Je refusai que le moindre chant résonnât dans l'église de Siom rouverte pour la cérémonie. Nous étions en automne. L'étroit cimetière en pente douce était quasi désert ; pendant qu'on glissait le petit cercueil dans le caveau, je regardais, à travers les branches des hêtres, les lents déchirements des nuages au plus haut d'un ciel clair. Je pleurais en silence.

De cette mort, étrangement, Anne parut moins affectée que moi ; sans doute avait-elle déjà pris la décision de me quitter : comprenait-elle enfin quel destin lui réservait notre vie commune ? Je ne cherchai pas à le savoir ; tel un enfant inquiet, j'attendais le pire et feignais l'indifférence. Un soir, je la trouvai agenouillée dans le salon, devant une partition méticuleusement déchirée des *Kindertotenlieder*. Je compris enfin qu'elle ne pouvait plus me supporter. C'est moi qui lui demandai, le plus doucement que je pus, si elle voulait me quitter. Elle me regarda comme au premier jour, sur l'esplanade du château ; je crus un instant que je m'étais trompé, que j'avais prononcé des paroles frivoles, blessantes ; mais elle acquiesça. Je trouvai la force de montrer une figure dégagée. Anne crut bon d'ajouter qu'elle me plaignait ; je haussai les épaules, murmurai qu'elle m'oublierait vite, qu'il y avait mieux sur terre que l'espèce d'enfant monstrueux que j'étais devenu et à qui — dans ma détresse, je demeurais extraordinairement lucide — il ne restait plus qu'une solitude longuement désirée. Anne hésitait ; je la suppliai de s'en aller ; nous nous dîmes que nous ne nous aimions plus ; nous eûmes la décence de ne point pleurer.

XIV

Dans cette solitude, je n'entrai pas sur-le-champ. Je menai pendant plusieurs mois une existence extravagante, vouée à la conquête de femmes, à un travail intense, à des songeries sans fin. Je donnai de moi une image aisée d'homme à femmes. Mon cynisme était à son comble. J'étais à la fois détesté et choyé, consolé pour « la douleur » qu'on sentait en moi, disaient celles qui s'approchaient. Je sortais souvent, affectant de n'avoir plus rien à dire, de n'avoir d'ailleurs jamais rien eu à dire, d'être un compositeur « fini » avant d'avoir « été ». Je buvais beaucoup. Ma bouffonnerie ne leurrait personne. Quant aux femmes, elles paraissaient trouver leur compte dans ces liaisons brèves ou impossibles. Je ne voulais pas en savoir davantage. Je savais me ménager des moments solitaires. J'écrivis, en fort peu de jours, dans l'arrière-saison magnifique de La Vialle, une œuvre brève mais lumineuse qui constitue mon quatrième numéro d'opus : *Tombeau*, en hommage à mon enfant mort. Cette composition pour violoncelle seul, très fragmentaire, fut créée dans l'intimité de quelques amis, pour l'anniversaire de la mort de Pierre. Anne, qui tint à assister à la création, dans l'église Saint-Merry, et qui devait me montrer qu'elle ne restait indifférente ni à mon sort ni à ce que je composais, eut cette parole bouleversante qui aurait pu me faire croire que, malgré moi, j'écrivais une musique enfin inspirée :

— Il m'a semblé le voir sourire...

Comme les autres, Anne continuait de « croire » en moi. Un chef d'orchestre renommé me passa commande d'une œuvre. Composer m'était devenu physiquement insupportable, et je songeais de plus en plus au silence. Je me mis néanmoins au travail et produisis mon opus 5 : *Suite française en miroir*, pour piano, cinq violoncelles, percussions et soprano, sur des fragments de textes de Bossuet, Fléchier, et d'autres écrivains religieux du Grand Siècle. L'œuvre intrigua et dérouta, tant par son instrumentation que par le choix des textes. On y vit une apologie de la francité et un hommage, sinon un retour, à la musique de Charpentier, de Delalande, de Couperin. Je ne m'en défendis pas — et m'enfermai davantage dans la solitude.

Je demeurai toute une année sans composer, lisant énormément, allant de femme en femme, songeant avec nostalgie aux étés de l'enfance. Pour vivre, je n'avais plus que l'argent de quelques leçons particulières et celui que me faisait encore parvenir ma mère, sans doute secrètement (jamais je ne l'en remerciai, jamais nous n'y fîmes allusion). Après des mois de tergiversations, j'acceptai une autre commande, qui devait me valoir un vrai succès public. Je venais de découvrir les *Chants d'Auvergne* de Canteloube, que je plaçai sur le même plan que les mélodies de Mahler ou de Sibelius. J'écrivis, comme en état d'hallucination, comme si ma vie en eût soudain dépendu, un cycle de mélodies pour voix de femme et orchestre, inspirées par les paysages de Haute-Corrèze. J'intitulai cet opus 6 : *23 chants de la Haute-Corrèze*. J'y avais introduit des cellules mélodiques et rythmiques empruntées à la musique traditionnelle du Limousin et les brisai dans la mienne — si bien que cette œuvre parut à certains un tombeau magnifique élevé à mon terroir natal, et à d'autres une insupportable régression, que les circonstances de ma vie allaient, selon eux, corroborer.

Six numéros d'opus, à quoi il faut ajouter un certain nombre de pièces pour piano, créées pour la plupart mais non encore réunies en volume, et des œuvres de jeunesse : comme je le disais en commençant, cela ne constitue nullement une Œuvre. Je n'ai rien composé qui tranche sur l'ordinaire production de mes contemporains. Je ne pouvais me dire ni meilleur ni pire qu'un autre, ni que mon œuvre fût encore devant moi. Mon imposture, avec un peu de recul, m'apparaissait si je puis dire dans toute son effarante et terrible nécessité ; mais elle ne me faisait plus horreur : j'avais peut-être exténué en moi un très ancien démon. J'avais voulu être compositeur ; je le suis devenu — travailleur, honnête ; et monstrueux, puisque j'ai sacrifié à mon travail ma femme et, qui sait, mon enfant. La responsabilité d'Anne et celle des autres sont assurément moins grandes que l'aveuglement dans lequel je me suis complu. Comment n'ai-je pas vu que la composition et le fait même de vivre pouvaient être compatibles ? J'ai cru vouer ma vie à la musique ; c'est la musique que j'ai vouée, comme une malédiction, à ma vie qu'ainsi je tenais pour négligeable, la menaçant constamment, la vouant à un inéluctable désastre dont la lenteur rendait imperceptible le cheminement ; ou alors, si je le percevais, c'était pour mieux enfouir en moi sa perception, travaillant avant tout à me dissimuler ce que mon sort avait de dérisoire, de pitoyable même. Il faut le répéter : j'eusse aussi bien pu être boucher ou agriculteur. Jamais je n'avais été moi-même ; et lorsque j'écoutais des enregistrements ou des exécutions de mes œuvres, il me semblait que je découvrais dans un très haut miroir un visage boursouflé, hagard, grotesque, presque sans âge.

Paris me devint insupportable. Composer, lire de la musique ou en écouter étaient l'objet de si violents dégoûts que, pris de terreur, je me réfugiai chez une jeune femme, en banlieue. Pendant plusieurs jours, je n'ouvris pas la bouche et demeurai prostré, refusant toute nourriture. Il fallait en finir. Je ne voulais pas quitter la scène parisienne en donnant le spectacle d'un être déchu, si bas que je fusse. Non que je tinsse à mon honneur : je désirais seulement faire le moins d'éclat possible. J'étais, ne m'en déplaise, un compositeur reconnu de ses pairs. Le suicide eût donné à mon existence un couronnement intempestif, ou trop beau. Quoi que je fisse, je resterais aux yeux des autres un compositeur ; je ne pouvais détruire cette image, ni ce que j'avais écrit et fait. J'optai pour le silence. On m'objectera que Dukas, Sibelius, Ives s'étaient tus ; mais je ne pouvais, moi, considérer « mon Œuvre » comme close ni porter sur elle un jugement qui autorisât mon silence. Je tentai de me justifier ; on ne me crut pas, on ne voulait m'entendre. Seuls restaient la fuite, et l'oubli dans lequel Paris relègue ceux qui s'en éloignent pour un long temps.

XV

J'allai habiter La Vialle. Ma mère m'en laissait la jouissance, me révélant avec une ferveur dont elle n'était guère coutumière que mon grand-père avait toujours souhaité que j'y vive. Il se peut que cette ferveur fût dictée par la joie que suscitait chez elle mon retour; retour duquel elle n'avait jamais douté : les choses rentraient dans l'ordre. Si ma mère ne s'était jamais inquiétée de ma vie à Paris, si tous les éléments de ma vie d'homme et de musicien l'avaient laissée apparemment indifférente, n'était-ce pas qu'elle me savait pris à un piège auquel elle avait largement travaillé?

Je ne cherchai pas à dégager sa part de responsabilité. Ma vie de musicien ne saurait s'expliquer comme la réalisation d'une vocation maternelle étouffée, non plus que par le refus du métier de boucher. Entre mes parents et moi, il ne fut presque plus question de musique. Mon père vieillissait et s'enfermait dans son état de boucher, exagérant volontiers ce qu'il appelait les vertus et les défauts de son sacerdoce : avec les années, il avait épaissi, laissé pousser ses moustaches à la gauloise, acquis une allure plus rude, autoritaire, voire guerrière. J'aimais le sang qu'il avait sur les mains. Loin de me le donner à détester, cette apparence semi-divine me le rendait à présent plus proche que ma mère dont le regard me frappait tel un volet brusquement rabattu par le vent : je me suis toujours imaginé, devant ma mère, aussi nu, décharné, et humble qu'une statue de Giacometti. Quand je lui parlai de vivre à La Vialle, ses yeux brillèrent comme l'ardoise après une averse ; elle alla chercher les clefs et murmura que je pouvais aménager la ferme à ma guise, que je serais bien, là-bas, pour travailler. Je ne répondis rien. Nous n'avions nul besoin de nous expliquer ; ne suffisait-il pas à ma mère que je parachève mon retour en allant me cloîtrer dans les murs où j'avais vu le jour ?

C'est une ferme pareille à toutes les fermes de la Haute-Corrèze : bâtie d'un seul tenant, en granit, couverte d'ardoises, elle se compose d'un corps de logis puis d'étables et de granges. Mon grand-père a fait élever, un peu en retrait, adossée à un coteau planté de sapins, une autre grange, plus vaste. Pendant plusieurs jours, j'ai repris la faux pour débarrasser la cour, les allées et le couderc des orties, des ronces et du houx. J'ai détruit un nid de vipères et abattu deux chats sauvages. Ma mère ne paraît point contente que j'aie repeint les volets et les portes en blanc : mais les hivers sont longs et rudes et l'humidité telle que cette peinture, d'un éclat excessif, ne tiendra sans doute guère. En revanche, elle m'approuve d'avoir fait abattre la cloison qui séparait la grande salle commune de deux chambres attenantes ; je n'ai gardé que la souillarde et la chambre de l'étage, où je suis né et où je dors. J'ai fait blanchir les murs. Cette pièce, je la voulais dépouillée, humble : je la trouve à présent trop belle. Il arrive que je ne la quitte pas de la journée, que j'erre entre la cheminée (à l'intérieur de laquelle, comme lorsque j'étais enfant, je m'assois sur un petit banc de noyer) et mon piano à queue — où je m'installe mais parfois sans jouer. Ou si je joue, ce ne sont nullement mes œuvres ni celles de mes contemporains, mais des pièces de Bach, de Rameau, de Haydn, de Séverac. Ou encore j'improvise — en pleine nuit, et jouant dans l'obscurité jusqu'à ce que j'aie apaisé en moi toute l'angoisse née du renoncement.

Le désœuvrement me parut d'abord aussi intolérable que la mort de Pierre ou que le départ d'Anne. Le piano n'y suffisant pas, j'étais par moments tenté de retomber dans l'imposture ; mais je savais qu'il me fallait aller au bout de moi-même, dans l'absence d'œuvre. Qu'on ne vienne pas me dire que cette absence d'œuvre, par un jeu de miroirs inversés, est aussi un travail, qu'elle fait partie de « mon Œuvre ». Du travail, je ne retiens que l'inhumaine souffrance, que je tente d'apaiser par des travaux fermiers ; je trouve maintenant autant de plaisir à faucher un champ, fendre du bois ou élever quelques poules et lapins qu'à jouer du piano. Mes mains s'abîment ; je ne m'en soucie guère. Mon esprit est la proie d'une passion nouvelle, une sorte d'ersatz dérisoire de la composition. Oui, je passe de longues heures à une occupation combinatoire et fort plaisante ; dans le silence des nuits d'insomnie, lorsque je suis allongé au soleil, ou même que je coupe de l'herbe, j'ouvre mon dictionnaire intime : je choisis une lettre, et passe en revue les musiciens français dont le nom commence par cette lettre, selon des principes de classement qui diffèrent à chaque fois, multipliant ainsi une tâche et un plaisir infinis. La lettre m, puisque c'est l'initiale de mon nom, ne m'est ni plus chère ni plus difficile que les autres : si je me fais figurer dans ce dictionnaire, c'est que je n'existe plus en tant que compositeur ; j'ai même inventé la date de ma mort. J'espère parvenir à oublier qui je fus. Cette tâche m'occupe parfois des nuits entières ; ma mémoire s'y apaise autant qu'elle s'y excite. Cette passion du classement, cette fascination que continuent d'exercer sur moi, d'une façon si dérisoire, la musique et les compositeurs, ne sont-elles pas la preuve ultime et confondante de mon imposture ? Car il me faut l'avouer, cette manie de classer date, quoique de manière moins systématique, du temps où je découvris les *Préludes* de Debussy !

Il se peut que certains jugent maladive une activité qui n'est à mes yeux qu'une étape vers l'oubli. La solitude ne m'effraie point. J'ai d'abord eu pour maîtresse une fille de ferme à demi idiote ; puis j'ai trouvé plus de plaisir à me satisfaire seul ; à présent, je suis indifférent au plaisir. Dans le pays, on m'appelle «Le fadar». La ville d'Ussel a tenté de profiter de ma notoriété en m'envoyant un journaliste et un membre du conseil municipal. Je ne les ai pas plus éconduits que je n'ai chassé, une autre fois, un jeune admirateur venu s'entretenir avec moi de musique. Je n'ai pas ouvert la bouche. Je me rends chaque matin sur la tombe de Pierre; je déjeune de peu, vais tirer de l'eau au puits; après quoi je fauche, bêche, fends des bûches, prépare en été ce qu'il me faudra en automne et en hiver. Je joue de temps en temps du piano. Je m'arrête n'importe où, hébété, les lèvres agitées de noms et de titres. Je n'ai répondu à aucune des questions de mes visiteurs; je n'ai cessé de leur sourire; ils ont eu l'air excédés. Je ne regrette pas de m'être conduit de la sorte. Ma mère m'a dit que j'avais produit sur eux une impression désastreuse, sinon effrayante, que tout le monde croyait que j'étais tout à mon inspiration, retiré dans ma ferme natale pour y travailler à l'œuvre considérable que l'on attend depuis longtemps de moi. Ma mère paraît néanmoins approuver la vie que je mène ici et, quel que soit l'état dans lequel elle me trouve, elle me sourit avec une tendresse que je ne lui avais jamais vue.

Mes doigts sont à présent malhabiles. Je commence à ne plus bien me souvenir de ce que j'ai composé. Comme il m'arrive de réciter en plein champ, debout, de longs morceaux de mon dictionnaire, j'ai l'air de prier souvent dans le soleil couchant, tel un paysan de Millet. Les gens de Siom me sourient; ils savent bien que le «fadar» est des leurs; ils l'ont vu naître, ont joué avec lui, enfants; ils ne le jugent pas. D'ailleurs je vais les aider, l'été, pour la fenaison et les moissons. L'hiver, ils aiment se rassembler autour de ma cheminée; nous buvons beaucoup de vin; ils se sont habitués aux dimensions vastes de la pièce et au piano sur son estrade. La vieille Eugénie m'a demandé ce que j'avais tant pu faire en ville pendant toutes ces années; j'ai répondu que j'avais perdu mon temps, que je n'avais été qu'une mauvaise bête. Nous avons ri. Nous nous comprenons fort bien. Nous parlons en patois. Je ne m'exprime d'ailleurs presque plus qu'en patois. Je suis un homme sans importance. Ma mémoire s'affaiblit. Il me semble, au cours des longs soirs d'été où je m'allonge contre la porte d'entrée et attends la nuit, que ma jeunesse n'est qu'un fragment incertain de ce dictionnaire dont je m'occupe de moins en moins. De la musique parfois m'envahit et me tire des larmes. Je m'endors sur la pierre du seuil.

La chambre d'ivoire

Il arrive même que je chante dans mon sommeil et mon chant est si pur et si noble qu'il plane sur mes journées et m'empêche de déchoir.

MARCEL JOUHANDEAU
(Algèbre des valeurs morales)

I

Le sommeil occupe une place toujours plus importante dans ma vie. J'aime l'obscurité avec la passion de ceux que terrifient les après-midi lentes et le bleu du ciel. Je prolonge mes nuits à l'excès; je passe les heures méridiennes dans des sommes ou des stupeurs provoquées, d'où me tirent souvent des cauchemars; je vis rideaux tirés. Le peu de lumière qui pénètre dans mes chambres suffit à me renseigner sur l'éclat ou la grisaille de la journée. Cette incertitude me plaît. Je finirai par ne plus distinguer la nuit du jour.

En vérité, c'est moins dans le sommeil que je veux me plonger qu'en moi-même — dans cette nuit à quoi l'on aime peu songer et que seul atteignit sans doute l'être dont je puis aujourd'hui dire qu'il fut ma véritable profondeur. J'ai trop souvent tenu pour feinte la haine ou l'indifférence des gens à mon égard, et pour une manifestation d'amour-propre l'intérêt qu'ils ont pu me montrer. Je les ai méprisés avec outrance; j'en ai estimé durablement quelques-uns; je me suis cru épris de quelques femmes. Il m'a fallu bien des années pour considérer que c'était moi que je haïssais, indifférent ou plein d'amour-propre. L'indifférence m'est à présent, comme la solitude, une délectation muette. Je ne cesse d'en mesurer les conséquences. Elle ne justifie nullement le besoin de confesser certains épisodes de ma vie : la hâte qui me pousse à cela n'est qu'une manière de rester au plus bas du murmure, au plus près du secret, au plus vif de cette nostalgie qui seule me sépare encore de moi-même. C'est enfin le dernier temps que je dérobe au sommeil.

II

Je suis né dans une ville du Midi où la brique est violette, les édifices sévères, les trottoirs recouverts de petits galets tirés du fleuve. Au fond, c'est une ville que je connais peu et dans laquelle je ne cesserai d'être l'enfant qu'effrayaient la lumière crue, les vieillards grimaçants, les larges allées bordées de platanes, étouffantes l'été, balayées en hiver d'un vent glacé qui me tirait des larmes. Au fleuve qui traverse la ville, je continue de préférer l'eau verte et immobile du canal qui semble ne venir d'aucun lieu, et ne mener nulle part.

Je n'aurai guère quitté notre demeure, enfouie dans un parc sombre et mal entretenu, au cœur d'un quartier retiré. S'il me fallait évoquer mes piètres jeux d'enfance, je ne livrerais guère que ceux du soleil sur mon visage ou celui d'Antoine, mon frère : n'étions-nous pas capables de passer des heures à marcher lentement, les yeux clos, cherchant sous les frondaisons calmes des trous de lumière où nous nous figions ? Nous jouissions de notre immobilité, comme d'autres abandonnent leur figure à une pluie d'orage ou au regard d'une femme. J'aimais aussi, en toute saison, marcher pieds nus sur les dallages froids des pièces d'en bas, tandis que la lumière, traversant les parties en vitrail des fenêtres, déposait sur mes mains et mes pieds des taches mortuaires. Je ne m'ennuyais pas — ou bien l'ennui, dès cette époque, m'était-il devenu si familier que j'ai appris à accueillir comme fâcheux tout ce qui vient rompre la monotonie raisonnée de mon existence.

III

J'appartiens à une famille calviniste, originaire de Siom, dans la montagne limousine, autrefois riche et unie, quoique prompte à la brouille ou à la dispersion. Mon père travaillait le plus souvent en Asie, dont il ne parlait guère, sinon pour dire le dégoût que lui inspiraient ces climats humides ; et son admiration pour le silence de ces peuples lointains ne l'empêchait pas de radoter un peu. Ma mère s'accommodait sans peine de ses absences, régnant sur la maison avec douceur et fermeté. Elle chantait de très vieux psaumes ; la servante lui faisait répons — et ce contrepoint naïf, limpide, rigoureux, m'immobilisait n'importe où, replié sur moi-même dans une attitude de prière. Quant à mon frère, de trois ans mon aîné, il exerçait sur moi un ascendant absolu, et singulier en ceci qu'il n'en abusait jamais, paraissait même me craindre. Je n'en étais ni jaloux ni révolté. Nous acceptions cet état de fait ; nous nous en marquions l'un à l'autre de la reconnaissance — y trouvant une sorte de bonheur, à tout le moins de la paix. Nous étions discrets, voire secrets, en même temps qu'intransigeants, arrogants, excessifs ; nous riions ou nous taisions longuement ; nos colères étaient rares et vives, et nos moments de recueillement profonds.

De la liberté que nous laissaient nos parents, de leur confiance en nous, nous n'abusâmes pas. Nous ne franchissions guère les murs du parc que pour le collège ou le temple. Nos condisciples ne voyaient nulle hauteur dans notre goût du silence : celui-ci valait d'ailleurs à mon frère une aura qui me laissait dans l'ombre et l'insouciance. Qu'on s'en vengeât parfois sur moi m'était indifférent ; il me plaisait même d'être amené — comme par préméditation ou complaisance — à souffrir pour Antoine ; notre ressemblance et notre beauté m'en paraissaient accrues : une beauté ni mièvre ni rude, magnifiée par notre ressemblance — archangélique même, à cause de longues boucles châtain dont ce n'était pas alors la mode de les porter telles ; une beauté froide, aussi, avec quelque chose de désespéré, comme figée dans le mouvement qui l'eût portée vers sa féminité. Cette froideur lui ôtait toute ambiguïté mais non son trouble, lui donnant par contrecoup un surcroît de fermeté qui faisait régner Antoine sur les filles du collège, et, plus tard, se précipiter dans les hôtels de passe ou bien se satisfaire seul dans le parc, non pour se délivrer mais comme s'il eût offert (ainsi que le donnait à croire sa position agenouillée d'orant en extase, près du bassin aux nénuphars) sa semence à des divinités inconnues ou, mieux, à l'absence terrible de divinité et, pensais-je, à la haine de l'engendrement, de la perpétuation.

Il savait que je l'épiais, il n'aimait pas montrer son visage défait dont la nudité était plus grande que celle de son membre dressé. La seule fois où il m'appela, ce fut probablement par détresse ou dans un redoublement d'orgueil. Je m'agenouillai devant lui, plaçai mes mains en conque près de sa verge pour y recevoir la semence qu'il se soutira dans un silence parfait. Nos regards ne se croisaient pas ; nous ne regardions rien. Je portai mes mains à mes lèvres, goûtai à ce liquide fade. Je ne sais pourquoi je m'en barbouillai la figure, me mis à rire, puis m'allongeai près de l'eau glauque, dans laquelle je me lavai et laissai longuement baigner mes bras.

Je n'ai jamais, en rien, cherché à imiter Antoine. Ni l'imitation ni la répétition n'avaient cours entre nous. Une même étincelle gisait au creux de nos reins ; mais je sus très vite que je n'étais pas son égal, et ne devais découvrir le plaisir solitaire que bien des années plus tard — à quoi je m'adonne encore rituellement. Il se peut que j'aie, dans ces années-là, désiré mon frère plus qu'aucune des filles dont je m'amourachais : j'emploie ce mot à dessein : il est aussi ridicule que mon air et mon attitude d'adolescent. Sur un regard d'Antoine, j'abandonnais d'emblée la jeune fille courtisée. Sans doute mon frère m'épargna-t-il les niaiseries de l'amour. Cet être, impérial dans la cour de récréation, dans les allées, au bord du canal, savait se montrer des plus familiers, des plus tendres ; il lui arrivait, quand il était la proie d'une joie sourde, de se glisser dans mon lit, de me serrer très fort en me mordant l'épaule, ou de me laisser, l'un contre l'autre en chien de fusil, presser mon membre dru entre ses fesses. J'en pleurais silencieusement, de bonheur ou de dépit, ou d'incertitude. Antoine se mettait alors à parler, de tout et de rien. Nous nous endormions harassés.

IV

Nous eûmes une sœur. J'avais atteint déjà ma douzième année. D'emblée je la détestai, et crus cette haine partagée par mon frère. L'enfant semblait accueillie par tous dans une sorte d'hébétude. Je me montrai abject; je proférais sans me cacher des malédictions et me livrais, au fond du parc, à de puériles cérémonies funéraires. Antoine me surprit. Il souriait comme s'il eût été seul. Je fermai les yeux, m'attendant à recevoir de lui sa première gifle; depuis la naissance de Léa, je ne désirais peut-être rien d'autre. Il me caressa la joue; je l'entendis murmurer que ce n'était pas elle, Léa, qui nous séparerait : n'étions-nous pas déjà, et depuis toujours, séparés — et cette séparation n'était-elle pas ce qui nous portait éternellement l'un vers l'autre? Ces paroles, je ne les comprenais pas, ou ne voulais pas les comprendre. Il ajouta, sur un ton plus léger, qu'il n'y avait rien à redouter de Léa : elle ne ressemblait à aucun de nous deux...

Antoine souriait à présent d'une façon qui lui tordait cruellement la bouche. Pour la première fois, je fus sur le point de le trouver laid ; mais cette laideur, son sourire la justifiait, me faisant partager une singulière certitude : Léa mourut quelques mois plus tard. Je jubilai à part moi. D'elle il ne fut plus jamais question. Nul, sauf ma mère, ne parut affligé. Dans la chambre mortuaire, un pasteur ennuyeux prononça des paroles que je n'écoutai pas ; je ne regardai pas davantage, dans sa bière, la petite morte sur qui on me força de m'incliner. Je ne parvenais toujours pas à concevoir qu'elle eût été notre sœur ; et les larmes silencieuses de ma mère m'indignaient. Antoine se pencha sur la morte et lui baisa les lèvres : ce geste, l'odeur tiède de la pièce et celle, douceâtre et fade, des fleurs et du corps, me soulevèrent le cœur. Antoine sortit derrière moi. Il glissa son bras sous le mien, m'arrêta, me fit asseoir, dans la pénombre, sur une marche de l'escalier. Il me parla de la douceur, de l'extrême douceur des lèvres de Léa, qu'il avait même effleurées de sa langue, non sans effroi, comme pour y trouver il ne savait quelle humidité. À cet instant, nous étions si près l'un de l'autre qu'Antoine inclina la tête vers la mienne et, plusieurs fois, effleura ma bouche de ses lèvres en murmurant : « Ne la sens-tu pas ? Ne la sens-tu pas ? » Il riait doucement, un peu comme on se retient de pleurer. Je posai mes doigts sur ses lèvres et me mis à sangloter.

V

La mort de Léa nous rendait à nous-mêmes. Elle semblait n'avoir laissé nulle trace de douleur sur le visage maternel qui continuait de rayonner, de se tourner vers nous avec une discrète mais entière bonté, dans laquelle je croyais discerner parfois de la mansuétude ; seul le regard, de temps à autre, se durcissait, se perdait dans le lointain. La demeure était de nouveau sombre, fraîche, paisible. Les absences du père se firent plus nombreuses et longues. Nous nous habituions à l'obscurité, la recherchions même, sans qu'il nous en coûtât, et vivions déjà, en plein jour, en êtres de la nuit. Nous trouvions là un aplomb, une sorte de sérénité douloureuse qui inquiétait ou attirait la plupart de nos condisciples. Si nous ne leur parlions guère, au lycée, nous les tolérions dans les salles de cinéma, que nous fréquentions assidûment. Antoine, qui abhorrait le bruit, ne sortait de son silence qu'à la fin de la séance, et acceptait qu'on cheminât à nos côtés jusqu'à la grille du parc. Comme les autres, je ne m'adressais à lui qu'avec des questions brèves, inquiètes, auxquelles il répondait par saccades, sans hauteur, d'une voix un peu monocorde, à la façon d'un être qui est seul et se parle à lui-même.

Étions-nous vraiment au monde? Inlassables rêveurs, nous vivions selon des rituels aussi profanes que sacrés, clairs ou mystérieux — livrés à nous-mêmes et néanmoins en liberté sévèrement surveillée, abolissant les années qui nous séparaient par une ressemblance de jour en jour plus étonnante. Cette conformité de visages et de gestes n'empêchait pas, de part et d'autre, une grande réserve. Mais nous pouvions nous tenir, de lit à lit, des propos qui parfois nous gardaient éveillés jusqu'à l'aube. Antoine me parlait beaucoup des îles. Il possédait une bibliothèque qui leur était consacrée, composée d'ouvrages géographiques, historiques et romanesques. Je n'eus pas besoin de les lire : la voix de mon frère, basse et lente, au fond du parc ou dans notre chambre, m'en révélait le contenu; et très jeune, je connus Erromango et Yeu, Gozo et Tromelin, les Lofoten, les Glorieuses et Miquelon et jusqu'à cette île de France qui est près des côtes du Groenland. La passion de mon frère allait aux petites îles, dans lesquelles il n'est pas possible d'échapper à soi, qui donnent en même temps la mesure de l'homme tout en lui montrant son inanité.

VI

Mon enfance n'a guère d'intérêt que pour moi, qui y retourne, en pensée ou en songe, pour des heures ou des jours de lenteur au cours desquels il me semble que je m'approche de l'immobilité parfaite. À quoi bon dévoiler ces rêveries, ces méditations où l'obscur roule sur lui-même dans la quête opiniâtre, mélancolique, d'une lumière se levant sur des espaces qui ne sont pas vraiment de ce monde ?

J'en viens donc aux seuls épisodes qui m'aient vraiment rapproché d'autrui, qui m'aient fait connaître, entre l'abjection et de fugitives extases, les extrêmes d'une existence vouée à une unique passion. Ces extrêmes, j'ai tenté de les joindre, de dessiner entre eux ce fil d'or dont les astronomes ont tissé les constellations. Il est plus probable que j'aurai tissé là une constellation qui ne m'apparaîtra tout entière qu'à l'instant où je quitterai l'état de mortel : nos yeux ne sont guère capables de contempler plus d'un astre à la fois. De cette partition stellaire, les songes m'ont néanmoins donné une vision certaine, quoique incomplète; sans doute ne suis-je encore qu'un peu profond dormeur.

VII

Antoine nous quitta pour aller à Paris entreprendre des études de droit. Il ne m'en avisa que le matin de son départ. Je n'en fus pas affecté : je ne le perdais pas. Ni le temps ni l'espace n'entraient dans ce qui nous unissait, me disais-je pour parler comme le reste des hommes. Notre existence n'avait pas besoin de justification, ni de preuves un lien sur la nature duquel nous ne nous interrogions jamais. Nous étions des Dioscures. Notre royauté était de ce monde, et une ressemblance quasi parfaite notre seule gloire : cela nous suffisait, même s'il nous restait à éprouver ce qu'on appelle souffrance, passion, amour, solitude et qu'on résume ordinairement par le mot de *vie*.

Mon frère riait sourdement et, trouvais-je, un peu bêtement. Je le regardai s'en aller, du haut de la cage où tournoyait l'escalier de pierre. Lorsqu'il se fut engagé dans l'allée centrale et qu'il eut atteint la grille du parc, j'étais descendu sur le perron ; Antoine se retourna, laissant passer notre mère ; je crus qu'il se retournerait complètement ;

il cracha dans l'une des deux vasques ornant l'entrée, selon un rite appartenant à notre enfance — à ceci près qu'il cracha dans la vasque de droite, celle où je crachais chaque fois que je franchissais la grille, lui qui se réservait d'ordinaire celle de gauche. J'eus à mon tour un rire étrange qui fit croire à notre vieille servante que je pleurais ; elle posa sur mon bras nu sa main noueuse et douce ; nous nous regardâmes : c'était peut-être la première fois que nos yeux se rencontraient et ne se baissaient pas. J'eus soudain envie de frapper cette vieille bouche ; je me contentai de grimacer. Ce fut aussi la première fois que je me sentis non plus un objet d'admiration ou de haine, mais celui d'un sentiment que je crois n'avoir jamais éprouvé, pas même à mon endroit : la pitié.

VIII

Il est des haines justifiées, mesquines, sans fin. De celle que je pouvais inspirer, je jubilais : sa qualité tenait à son origine obscure, voire à son absence de motif. J'étais simplement haïssable, comme d'autres aimables ou séduisants. J'aimais être élu par cette haine animée d'une si discrète ferveur, quasi religieuse, qui me renvoyait à ma royauté — une royauté qu'après le départ de mon frère les murmures lycéens ou familiaux, surpris çà et là, prétendaient usurpée, ou sans comparaison possible avec celle d'Antoine, mais dont je ne doutais pas, même si je tenais à ne pas la porter si haut que lui, et que j'en fisse parfois un usage contraire, destructeur, repoussant par exemple les jeunes filles qui s'offraient à moi avec l'ardeur presque désespérée propre à leur sexe et à leur âge. Je détestais me sentir aimé, n'avais pas d'amis, n'en éprouvais pas le besoin — et faisais en sorte, s'il m'arrivait de tomber amoureux, de tourner mon amour en dégoût, et de perdre au plus vite celle qui m'aimait, quitte à éprouver quelques douleurs nocturnes au cours de nuits blanches, mais toujours certain de me retrouver ivre d'être haï. Jamais je n'ai admis que la haine soit l'envers de l'amour. L'amour, d'ailleurs, n'existe pas, n'est qu'un égarement plus ou moins bref, une sorte d'affection qui sent sa maladie, comme la peur de mourir sa faiblesse. Je n'admettais que la haine, pure, aiguisée, tranchante, tels ces poignards rapportés d'Asie par mon père et qui brillaient aux murs du corridor. La haine n'exige enfin nulle contrepartie ; elle m'apparaissait, dès l'adolescence, comme l'extrême et la pure abstraction des passions humaines.

IX

Certains soutenaient que je n'étais qu'un pâle reflet de mon frère — sinon sa créature. Il n'en était rien. Nous ne rivalisions pas ; et s'il eut sur moi de l'influence, j'en exerçais aussi sur lui, quoique de façon plus secrète, voire douloureuse. Êtres nocturnes, nous fûmes séparés au moment où il nous fallait affronter le grand jour. Dès lors, chacun de mes actes fut dédié à Antoine, même s'il n'en sut rien ; et tout me porte à croire qu'il me vouait la plupart des siens : ne me révéla-t-il pas qu'il me dédiait le sperme qu'il libérait dans le ventre des femmes, et que nul plaisir n'était capable de le délivrer de lui-même ? Mon visage lui apparaissait alors, lointain, incliné, comme au jour où j'avais recueilli sa semence.

Nous fûmes plusieurs années sans nous revoir, sauf pour de brèves et taciturnes retrouvailles d'été au cours desquelles je constatais qu'il ne changeait pas, que rien n'était venu altérer notre ressemblance. Nous contemplions les mêmes étoiles, lui dans les rues de cités étrangères, ivre d'alcool et d'une détresse qui le poussait à s'exténuer, à se perdre et à rire plutôt que de s'apitoyer — et moi, errant dans le parc ou allongé sur la loggia attenant à ma chambre. Nous avions souvent les mêmes gestes — remarquait ma mère —, inattendus, incompréhensibles, saugrenus aux yeux de tous : ils appartenaient à un rite secret dont la révélation nous demeurait promise. Il m'arrivait de penser que notre existence dépendait d'une promesse qui allait faire de notre vie un mélange de patience et d'excès, d'urgence et de songe. Que nous dussions mourir sans connaître ce secret était si improbable que nous pouvions penser à la mort sans effroi, comme si la mort n'était que le moment obscur de la révélation.

X

En vérité, nous différions sur bien des points. Pas plus que sa passion des îles, des voyages, de l'Art, je ne partageais celle des femmes. Non que je n'eusse de goût pour elles ; sans doute étais-je plus solitaire et moins arrogant que mon frère, et ne faisions-nous pas le même usage de la haine. Je me lassais vite des interminables travaux d'approche, des baisers qui ne l'étaient pas moins, et de l'humidité tiède des femmes. Je préférais les actes brefs, solitaires, silencieux, à tous ces râles qui ressemblent tant aux plus dégradantes agonies. Rien ne m'était plus doux que de répandre mon sperme dans le bassin aux nénuphars ou dans des lieux plus sordides.

Je me refusais. J'avais pourtant une réputation à soutenir. Des camarades voulurent célébrer mon seizième anniversaire en m'offrant une passe avec une putain. Longtemps nous déambulâmes dans des rues malodorantes. Il pleuvait. J'avais la bouche sèche. J'étais las. Je finis par élire une prostituée assez menue, aux cheveux bruns, au teint très blanc — avec qui mes camarades s'entendirent. Je la suivis à travers des couloirs obscurs. Il nous fallut attendre près d'une porte close derrière laquelle on entendait grincer un lit — ce qui fit rire la fille. Je voulus la caresser : elle se déroba. Soudain, j'en eus assez. Je la suppliai de me laisser partir. Elle se plaça dans le couloir de manière à m'interdire toute retraite. Je tombai à genoux ; elle s'accroupit avec colère, se radoucit, tira de son corsage un sein qu'elle approcha de mes lèvres, en prononçant avec un détestable accent du Gers des mots destinés à m'exciter mais qui n'eurent pour effet que de me donner la force de me relever et de m'enfuir en battant les murs, poursuivi par le rire énorme de la fille.

Ma virginité, je la perdis la même année, d'une façon tellement singulière que j'y vois aujourd'hui encore le signe de la volonté fraternelle, sourde et souveraine. Notre goût des salles obscures n'avait pas décru, et il arrivait à Antoine de m'envoyer des billets pour m'enjoindre d'aller voir un film qu'il avait aimé. Le cinéma du Japon l'attirait particulièrement — moins parce qu'il était l'œuvre d'insulaires que parce que l'érotisme de ce pays le comblait : il se disait bouleversé par ces visages qui ne s'altéraient pas, ou si peu, dans le plaisir ou la douleur, que c'était alors non l'âme qui se devinait dans la béance des yeux et des bouches, mais le vide intérieur, cette ombre, cette nuit qui nous habite et à quoi les hommes ont tant de peine à s'accoutumer.

J'allai voir *l'Empire des sens* dans une salle quasi

déserte. J'ai la faculté de m'isoler d'emblée, de ne plus prêter attention à la vie bruissante de l'obscurité. La jeune femme qui vint s'asseoir non loin de moi avait néanmoins un parfum assez entêtant pour que je me tourne plusieurs fois vers elle : j'entrevoyais, sous une chevelure blonde, touffue et bouclée, un profil mince, régulier, quoique un peu dur. Quelques instants plus tard, elle s'assit tout près de moi, et si discrètement que je ne vis là que le geste d'une personne qui change de place afin d'y voir mieux. Jamais, d'ailleurs, je ne la sentis qui me regardait. J'étais soudain heureux de n'être plus seul au milieu de la salle. Était-ce dû à la présence enfin acceptée d'une femme, à l'impression profonde que produisaient sur moi les images, au fait que je finissais par complaisamment confondre l'héroïne du film et l'inconnue dont je frôlai à plusieurs reprises la main ? Elle eut soudain des gestes plus audacieux que le baiser auquel je rêvassais : des gestes auxquels je m'abandonnai, sans rien faire pour les encourager. Je voulus regarder son visage ; elle me le déroba encore, l'enfouissant dans mes cheveux, puis le faisant glisser sur mon cou et ma poitrine. Alors je serrai cette nuque, violemment, la faisant ployer jusqu'à mes genoux. La jeune femme ne bougeait plus. Je sentais qu'on en appelait à ma cruauté. Je m'imaginais des dispositions meurtrières, ou, comme eût dit Antoine, sacrificielles. Mes plus secrets désirs furent soudain exaucés : des mains très douces libérèrent promptement un membre que les images du film avaient, il est vrai, déjà mis à rude épreuve, et une bouche d'une enfantine fraîcheur s'en empara. Je m'y délivrai avec étonnement, effroi, reconnaissance. Je pleurai, fermai les yeux, et ne les rouvris qu'au moment où je sentis les lèvres de l'inconnue se poser sur les miennes. Je n'eus que le temps de voir, avant qu'il ne s'enfuie, le visage au sourire amusé, ou désespéré, d'un très jeune garçon.

XI

Épuisé par ses travaux d'Asie, mon père regagna notre demeure pour n'en plus bouger, s'enfermant dans un silence que paraissait creuser chacun de ses gestes. Sa sévérité lui tenait lieu de simplicité, comme à ma mère sa douceur, son orgueil à mon frère, et à moi ma haine. Quoique jeunes encore, on eût dit que mes parents n'attendaient plus que la mort — encore qu'il leur arrivât de rire, et moi avec eux; mais ces rires avaient ceci d'étrange qu'on les sentait suscités par des causes diverses, sinon contraires, et qu'au lieu de nous rassembler autour d'une même flamme dans le grand salon, ténébreux en toute saison, ils nous renvoyaient à nous-mêmes, repliés sur nous comme autant de frêles flammes protégées par des mains pieuses et solitaires.

J'eus les révoltes de mon âge, brèves, violentes, vaines. Qu'elles aient correspondu au temps où mon frère délaissa ses études pour se consacrer à la peinture n'est certes pas un hasard — même si je ne l'appris que plus tard, lorsque à mon tour je fus retourné à l'immobilité statuaire du parc et au silence de ma chambre. Je n'allais plus au temple. J'observais, quant à la religion, une indifférence prudente. J'aimais dans le catholicisme les cierges qu'on brûle devant les autels et les statues de saints. Je recherchais les églises pour leur pénombre, au sein de laquelle je me recueillais mieux que dans la lumière nue des temples. Il m'était alors aisé, face à ces flammes étroites, de ne songer à rien, de m'abîmer dans la douceur de leur consomption, d'oublier des tourments que je ne savais apaiser que par des marches forcenées le long du canal, dans des ruelles sombres, des faubourgs déserts. Ces tourments, cette inquiétude, les jeunes filles qui s'offraient à moi auraient aussi bien pu les adoucir ; mais c'eût été rompre l'équilibre que je m'efforçais d'instaurer en faisant de ma vie le rigoureux contrepoint de celle d'Antoine : qu'ensemble nous fussions au monde impliquait la modulation d'un chant dont les deux voix cherchaient à se répondre — recherche qui déjà était chant, mais un chant trop fruste et inquiet pour accéder à la souveraineté d'une fugue à deux voix. Et, dans cet ordre de sonorités opposées, je restais volontiers sauvage et inculte, tandis que grandissait la notoriété artistique d'Antoine, et obscur, révolté là où il savait rayonner et rassembler autour de lui d'excellents esprits, enfin d'une chasteté éprouvée parfois jusqu'au vertige alors qu'il volait de femme en femme.

Il fallut qu'une jeune fille, fréquentée par désarroi et désespérée de mon indifférence, me soufflât, comme la seule chose qu'elle pût encore me donner, que j'étais poète, que je devais consacrer mes forces à mon chant intérieur, dussé-je ne jamais écrire un vers, mais chanter ma vie, la danser, l'ordonner sur les modulations d'un chant sacré que mon travail consistait à découvrir...

Me refuser était alors ma seule transparence, une pure manière d'être au monde. Je dois beaucoup à ces jeunes filles qui, contrairement à la plupart des hommes, savent s'abandonner jusqu'à se perdre, ou bien se résigner en souriant. Quel que fût leur dépit, elles comprenaient mon désir de chasteté, ne le tournaient jamais en ridicule. Ma beauté attirait aussi bien les hommes ; je n'avais pas de goût pour eux ; mon visage avait déjà, comme celui d'Antoine, je ne sais quoi de lointain, de menacé, de grave, qui intimait le silence.

XII

Antoine tomba malade. Ma mère alla passer tout un été à son chevet. Je ne quittai pas mon père, dont la santé restait fragile. Il était inconcevable que je n'aie pas ressenti dans mon corps le mal dont souffrait Antoine — se manifestât-il sous des formes inattendues, ou occultes. J'étais désemparé : l'idée d'un jeûne s'imposa, m'illumina, me rendit quelque paix. Mon père et moi demeurâmes des jours entiers, silencieux et immobiles dans les chaises longues de la véranda, comme si de notre silence et de notre immobilité dépendaient la guérison d'Antoine aussi bien que la sienne. Nous regardions le ciel jusqu'à l'heure où les colombes regagnaient les hauts édifices de brique qui, de chaque côté de l'allée principale, s'élevaient telles deux tours funéraires de l'Inde et qui, par-delà les frondaisons épaisses, recueillaient, violacées, les dernières lueurs du jour. Ces piaillements, tout comme l'égouttement de l'eau après un orage, ou le bruissement des feuillages, nous tenaient lieu de paroles. Nous parlions d'ailleurs si peu que nul d'entre nous ne s'apercevait vraiment que l'autre avait ouvert la bouche.

La nuit, près d'un cierge volé dans une église et dont la lueur me tenait longtemps éveillé, j'attendais le sommeil d'où me tiraient, dans la matinée déjà avancée, non pas l'éclat du jour mais des songes que j'étais heureux d'avoir à poursuivre dans l'état de veille. Antoine, le plus souvent, m'y apparaissait, les yeux clos, la tête légèrement penchée en avant, les lèvres boudeuses, d'une maigreur qui donnait à sa nudité une grâce presque enfantine, surtout quand il se retournait vers mes parents, également nus, gracieux et pitoyables, qui marchaient derrière lui en tenant par la main la petite Léa, dans la gloire lente d'un crépuscule.

Antoine ne guérissait pas. Mon jeûne et mon immobilité s'avéraient inutiles; c'était dans la lumière du plein midi qu'il me fallait aller. Je pris, sans avertir personne — comme si je devais ne pas en revenir —, la route qui menait vers Moissac, vers l'église dont mon frère aimait tant le portail. Je marchai avec une hâte fébrile, sans lever la tête, sous un soleil de craie, ne m'arrêtant qu'une fois la nuit tombée, buvant à des fontaines publiques, dans des bistrots d'où ma mine mauvaise me faisait souvent chasser, dormant près de la Garonne, dans un fossé, dans un verger. Je n'atteignis pas Moissac; je m'effondrai bien avant, sous le porche d'une église de village que je n'eus pas la force de franchir. Je suppliai une vieille femme venue se pencher sur moi d'aller allumer dans l'église autant de cierges que le lui permettrait l'argent que j'éparpillai à ses pieds. On me crut délirant; tout portait à le croire : je déplorais mon échec, jugeais mon frère perdu, parlais de mourir. Tout le village piaillait autour de moi. Je voulus crier : une sorte de hululement grotesque s'échappa de mes lèvres brûlées. Au moment où l'on m'emportait, la vieille femme s'approcha, glissa mon argent dans ma poche et murmura qu'un seul cierge suffirait. La douceur de son regard était telle que je sus n'avoir pas marché en vain.

XIII

C'est pendant notre commune convalescence qu'Antoine fit mon portrait. Je n'avais jamais rien vu de lui. De son travail, dans ses brèves missives, il ne disait presque rien, et je ne cherchais pas à en savoir davantage. Connaissant ses goûts, ou croyant les connaître, je m'étais fait de son art une idée présomptueuse, le situant quelque part entre Balthus, Redon, Philippe de Champaigne et Mantegna, alors qu'il consistait avant tout (comme le suggérèrent certaines confidences) non à produire une œuvre mais à rechercher, grâce à un exercice austère, une solitude sociale, une vérité sur soi, un point où plus rien ne l'atteignît que la réminiscence ou, mieux, la fruition permanente de notre consanguinité, de notre ressemblance ; une consanguinité que rien ni personne, croyais-je, ne pourrait altérer — un principe de vie d'où découlerait une paix incomparable : l'insouciance, la légèreté, l'absence de rivalité, une totale et mutuelle confiance qui nous laisseraient extraordinairement libres, même si nous n'ignorions pas que nos actes se rapportaient à une règle jamais édictée, assurément mystérieuse mais qui, l'acte accompli, prenait une clarté stellaire au plus nocturne de nous.

Mon portrait, au crayon rehaussé d'encre de Chine, me représente de trois quarts, la tête un peu renversée vers l'arrière (comme si je cherchais, disait Antoine, à me défaire de tout le poids du jour sur une épaule invisible), les yeux distraitement posés sur un point de l'horizon — sans doute le faîte d'un arbre, ou l'un des colombiers ; mon sourire est plutôt crispé : je l'attribue à la faiblesse du corps bien plus qu'à de la gêne. Mon frère n'a pas voulu surprendre là ce qu'il y a d'obscène et de veule dans un visage qui s'abandonne. Je ne m'y trouve ni plus beau ni moins détestable que lorsque je me regarde dans la glace ; du moins ai-je l'impression qu'Antoine s'y est également montré en donateur et que, d'une manière indéfinissable et troublante, il a capté mieux qu'une évidente ressemblance : il m'a donné quelques-uns de ses traits les plus secrets ; ou, si l'on préfère, il a saisi, dans l'exquise imprécision d'une différence, cela même que l'âge effacerait peu à peu, au point que je puis aujourd'hui considérer ce portrait autant comme son autoportrait que comme une dédicace à notre ressemblance.

XIV

La solitude de mon frère — ou ce que je me plaisais à appeler son esseulement — m'était, pensais-je, favorable : j'y trouvais je ne sais quelle justification de ma propre solitude et de mon incapacité à en sortir ; en outre, à sa passion (j'emploie ce mot faute de mieux) pour la peinture, venait correspondre mon goût naissant de la littérature. À dix-sept ans, bouleversé par la lecture de Rimbaud, je ne songeais plus qu'à vivre pour écrire, me laissant aller aux innombrables excès suscités par des engouements que la nécessité n'a pas encore trempés : alors que je croyais mettre en jeu ma vie pour la poésie, je ne faisais qu'exacerber les ultimes flamboiements et niaiseries de l'adolescence.

Mes parents ne me parlaient pas de littérature ; de même, ils gardaient à propos de mon frère un silence que je veux croire bienveillant, ou indifférent. Ils ne nous reprochèrent jamais nos décisions, et respectèrent notre silence — persuadés que nous étions en âge de mesurer et d'expier les conséquences de nos actes. Il est vrai que nos parents, tous deux bons musiciens, plaçant leur art bien au-dessus de tous les autres, quoique sans ostentation ni mépris, trouvaient dans la pratique de la musique de chambre l'occasion d'un rapprochement inattendu, quasi exclusif. Le silence de la vieille demeure parut s'amplifier, l'obscurité s'approfondir, les visages se creuser, la naturelle indifférence entre des parents et leur progéniture trouver sa justification.

Je n'avais plus ma place entre ces murs. On n'eut pas besoin de me le signifier : j'irais — et l'annonçai — à Paris poursuivre des études de Lettres. Non que mes parents m'eussent chassé ; ils considéraient simplement qu'à chaque âge correspond une attitude particulière, et que j'avais atteint celui où il était bon de s'exposer aux turpitudes du monde. Mes parents avaient beaucoup vieilli ; mon départ les rendait à eux-mêmes — c'est-à-dire au paradoxe d'une jouvence née de la résignation à la vieillesse et à une lenteur heureuse, proche de l'immobilité, où le seul temps qui comptât devenait celui, incommensurable, de la musique.

XV

J'ai d'emblée détesté Paris, ville trop vaste, bruyante, sombre, que je ne parvenais pas à dépouiller de l'ombre dont les romans balzaciens l'avaient peuplée dans mon imagination de provincial. La misère que j'y découvrais, côtoyant les plus arrogantes élégances, me déconcertait. Mes déconvenues furent nombreuses. À la Sorbonne, je ne trouvai que des professeurs médiocres, à la bouche lasse, ou qui semblaient s'adresser directement au Ciel. Je connus les prémices de l'ennui. Je ne m'en montrai pas moins assidu dans les amphithéâtres. Je fréquentais aussi les cafés à la mode. Parler avec mon accent du Midi des écrivains et des philosophes que je lisais et qui constituaient ce qu'on nommait alors *l'avant-garde* paraissait une incongruité majeure ; on eût même dit que le ridicule attaché par les autres à cet accent transpirait dans la poésie que j'écrivais et que je montrais sans vergogne.

Seule ma position de frère cadet d'un peintre notoire — encore qu'on ne nous vît que rarement ensemble, Antoine et moi — empêchait que je fusse rejeté de ces groupes bavards et dogmatiques. On en riait cependant sous cape. Je réappris à me taire, à faire du silence une vertu qui donnait à mes piètres écrits un semblant de nécessité : silence dont je jouais et d'où se détachaient mon visage et ma beauté de jeune mort, aux cheveux longs et bruns, au teint blême, au regard brouillé par le soleil d'étranges arrière-pays, me disais-je. Cette beauté en imposa, là aussi, aux femmes et aux hommes. Je retrouvai mon aplomb, et cette arrogance quasi désespérée qui me faisait dire tout haut le peu de bien que je pensais de mes semblables.

XVI

Mon cynisme me permettait de dissimuler bien des ignorances. Cynique, je l'étais sans mépris, de même que j'étais silencieux sans hauteur, indifférent sans haine ; celle-ci trouva néanmoins à s'exercer après que j'appris, par ma mère, qu'Antoine s'était marié. La rumeur le disait en ménage depuis longtemps avec une Roumaine dont l'intelligence et la langueur préraphaélite étaient déjà célèbres ; j'avais rêvé sur cette silhouette plusieurs fois aperçue de loin et sur ce prénom d'Irina — qui me la faisait trouver tantôt belle, tantôt agaçante. Pourtant, lorsqu'il me fut donné de la voir à côté de ce frère que je ne rencontrais plus que le dimanche après-midi, seul à seul, dans de sinistres petits cafés, je m'étonnai de ne pas la détester. Irina était belle et agaçante, prête à vivre dans l'ombre d'Antoine avec ce qu'il fallait de mélancolie et de bohème pour ne pas ressembler à une trop commune épousée.

Ils me reçurent enfin dans leur atelier du 11e arrondissement. Je n'avais d'yeux que pour

Antoine, dont l'air faussement dégagé m'exaspéra. Nous parlâmes peu, malgré les efforts d'Irina qui s'exprimait d'une voix profonde, dans un français un peu lent mais sans accent. Du coin d'atelier où nous dînions, je distinguais, dans la pénombre, de grandes toiles accrochées aux murs ; la plupart semblaient recouvertes de grands draps blanchâtres. Je demandai pourquoi. Antoine eut un rire sec, se leva, fit de la lumière : je compris que j'avais sous les yeux ce qui, de sa production, était exemplaire : il donnait furieusement, désespérément même, dans la peinture la plus abstraite, à la manière de Pollock. Je ne trouvai rien à dire. Nous aurions été seuls, je me serais peut-être levé et aurais contemplé cette peinture funèbre (car l'art de mon frère ne pouvait m'être totalement étranger — fût-il le fruit de la plus misérable imposture). Mais j'étais incapable de bouger, de répondre à Irina qui me disait : « C'est beau, non ? » Sans doute sentais-je là l'influence de la jeune femme, dont les théories sur la peinture, régulièrement publiées par des revues d'avant-garde, faisaient autorité ; j'y devinais aussi une faiblesse de mon frère — sinon qu'il était un faible, près de déchoir, et ne peignant plus que pour justifier les théories de sa femme... La tête me tournait. J'appuyai mes joues sur mes poings, les coudes posés sur la table. Irina restait muette. Antoine finit par déclarer que j'avais l'air aussi blanc que ses toiles, que j'avais probablement trop bu. Je voulus plaisanter à mon tour, dire en exagérant mon accent que je n'étais qu'un paysan de la Garonne : les mots me manquèrent. Antoine alla chercher de l'eau. Tandis qu'il s'éloignait, Irina murmura : «Vous ne m'aimez guère, n'est-ce pas?» Elle m'était jusque-là indifférente : sa question me révéla non seulement la haine que j'avais pour elle, mais aussi à quel point ce sentiment était partagé. Je regardai pour la première fois Irina dans les yeux. Elle souriait étrangement. Je n'avais rien à ajouter; ce calme visage de femme me plaçait devant quelque chose d'irrémédiable — devant une sorte de gloire qui lui donnait sa pleine beauté et me renvoyait à ma solitude. Je rougis; je n'étais pas délivré pour autant, même si les choses étaient à présent plus claires; la haine ne laisse nul répit : elle cloue les visages à leurs masques ou les saisit au plus nu d'eux-mêmes. Ce soir-là, ce fut un visage défait que j'abandonnai à la jeune femme.

XVII

L'ordre stellaire était ruiné. Je ne renonçai pas pour autant à mon frère. Je le répète : le temps n'avait pas pour nous de cours sensible — et surtout pas le cours paisible et implacable que les femmes lui donnent et qui nous incline vers l'étrange douceur de mourir. Cela ne m'empêcha point d'accomplir des actes dérisoires — les derniers, peut-être, d'une adolescence finissante, suscités moins par le dépit que par le soudain silence d'une voix intérieure dont la défection m'ouvrait, jusqu'au vertige, à mon propre vide.

Je m'introduisis, à plusieurs reprises, secrètement, dans l'atelier des jeunes époux, dont je guettais dans la rue la sortie (ce mot d'époux, j'en use ici pour me mortifier : jamais je ne l'ai prononcé en moi-même ou à voix haute sans être pris d'une brusque envie de cracher). Il régnait dans ces murs une austérité toute féminine; en ces fins d'après-midi où Antoine et Irina se rendaient dans un café de la Bastille, selon un emploi du temps immuable, on ne voyait dans l'appartement nulle trace de l'activité de la journée. Je m'étendais sur le plancher, sous la vaste verrière ruisselante ou éclairée par un soleil blanc, et j'attendais en pleurant le déclin du jour. Dans cette position, les toiles de mon frère m'apparaissaient, inclinées vers moi, comme les tentures d'un catafalque. Je parvenais à trouver un peu de paix... Irina et Antoine soupçonnèrent-ils quelque chose ? Le concierge leur parla-t-il de moi ? S'ils ne renoncèrent pas à leurs sorties, ils revinrent plusieurs fois comme à l'improviste — moins pour me surprendre que pour m'effrayer, me dissuader de revenir. La paix qui me venait dans l'atelier n'était certes pas l'unique raison de mes visites, même si je ne savais pas précisément ce que je pouvais y trouver. Puis je songeai que les grandes toiles quasi blanches d'Antoine étaient peut-être des signes adressés à moi seul, et qu'il s'accommodait de cette imposture apparente parce qu'elle restait l'unique moyen pour lui de manifester, derrière la façade conjugale, par une évidence plus secrète, son attachement à un ordre bouleversé : ordre dont nous étions de peu sûrs gardiens et de maladroits herméneutes. Aussi nous trouvions-nous parfois, l'un comme l'autre, poussés à des actes sans nécessité apparente, aberrants (au sens où l'on parle des aberrations des astres), voire démentiels, inhumains. Et peut-être, au plus obscur de notre nuit, incapables de percevoir les clous d'or qui la constellaient, savions-nous pourtant que c'était dans ces extrémités que nous apparaîtrait, sur le miroir céleste, dans un ordre n'appartenant plus aux cycles humains, la confusion définitive de nos visages.

Je compris que je ne reviendrais plus à l'atelier : avec un couteau de cuisine je lacérai et trouai la plupart des toiles exposées — méthodiquement, sans hâte, non pour les détruire, mais pour signifier à Antoine et à Irina que je n'étais pas dupe. Le même soir, ils parurent chez moi, le visage ouvert par un effroi et une colère qu'il me fallut soutenir de toute ma haine, laquelle me rapprochait de mon frère plus intensément qu'aucun des gestes intimes d'autrefois. Rien n'est plus impropre que de parler de l'aveuglement suscité par la haine; jamais nous n'avions eu la conscience aussi vive de ce que nous étions l'un pour l'autre, et de ce qu'il nous restait à faire. Nous ne pouvions ce soir-là que nous battre; nous le fîmes, à coups de poing; mais au plus fort de notre combat, qui eut lieu dans la cour de l'immeuble, sous les regards goguenards ou indifférents des voisins, nous fûmes pris l'un pour l'autre de commisération. Nous nous sommes souri. J'avais à la main le couteau dont je m'étais servi pour mutiler les toiles; Antoine tenait une statuette nègre en bois très dur qu'il avait prise sur mon bureau. Un premier coup m'atteignit au front, me fit trébucher, puis tomber à genoux : je n'avais pas cherché à le parer et suis certain que si j'eusse été plus prompt, Antoine n'aurait pas évité mon couteau. Je ne me relevais pas. Mon sang m'aveuglait; je devinais néanmoins le corps d'Antoine, debout au-dessus de moi, le bras levé, retenu par deux inconnus. Irina n'avait pendant ce temps ni bougé ni crié; je lui en étais reconnaissant. Antoine se délivra et s'accroupit près de ma tête : je voulus user de mon couteau, à l'aveuglette; je ne parvins qu'à lui érafler la main et me piquai la cuisse. C'est à ce moment que j'entendis Antoine chuchoter, non sans ironie, que je lui avais au fond rendu service, en donnant à ses toiles une dimension inattendue, inespérée — leur véritable dimension, peut-être. Je compris qu'il ne se trompait pas sur le prix qu'il attachait à ce qu'Irina nommait avec tant de fierté son Œuvre. Je me mis à pleurer, enfin délivré, rendu à moi-même et à l'intervalle, singulier comme le nombre d'or, qui nous permettait d'être au monde en même temps. Je ne prêtai nulle attention aux sanglots d'Irina. J'abandonnai aux mains d'Antoine ma tête, qu'il posa sur ses genoux avec une délicatesse dont aucune femme n'eût été capable. Aux agents de police qui s'étonnèrent de l'étrange trio que nous formions, entourés à distance de silencieux vivants, Antoine déclara avec une autorité magnifique qu'il ne s'agissait là que d'une querelle entre frères. Je me mis à rire en voyant mon sang tacher le pavement blanc sur lequel nous nous étions battus, et passai le bras au cou de mon frère. Irina finit elle aussi par éclater de rire.

XVIII

Nous cessâmes de nous voir. Je devinais qu'Irina avait pourtant perdu la partie. J'étais sinon heureux, du moins apaisé. Je vécus même quelques jours avec une jeune femme qui prit mon apparent bonheur pour de l'amour, s'y trompa, en souffrit, puis, devant ce qu'elle jugea de la cruauté et qui n'était qu'indifférence (une indifférence, il est vrai, prompte à se muer en haine), me quitta.

Mon frère s'était résolu à exposer ses œuvres récentes — parmi lesquelles plusieurs des toiles que j'avais mutilées, à côté d'autres, quasi blanches, qu'il avait lui-même poignardées, si l'on peut dire, dans le style d'un artiste italien alors en vogue. L'époque était d'ailleurs à la fracture, à la déconstruction, à la blancheur, à l'éclat, à la bavure, au rare. Je publiai dans une revue littéraire un article qui avait pour but moins de justifier la démarche de mon frère (et de saluer ainsi cette volonté d'en finir avec la peinture) que de critiquer les théories d'Irina sur les implications idéologiques de l'Art. Selon moi, Antoine voulait, plus simplement, dénoncer l'imposture avant-gardiste et accéder à une tout autre nudité, à un dépouillement nouveau, à la figuration : la représentation de visages, de ciels, de scènes singulières d'enfance, écrivais-je, me paraissait être la voie véritable d'un peintre qui avait irréversiblement rompu avec le monde.

Le pseudonyme dont je signai l'article ne trompa ni mon frère ni son épouse. Je ne me dévoilai pas, affectant même de me gausser, avec les braillards que je fréquentais, de ce très réactionnaire essai en faveur de la représentation, du figuratif, de l'expression de soi et qui avait un intolérable relent de mysticisme : essai par ailleurs vite réfuté par Irina, dont l'intelligence ne me parut jamais aussi vive qu'en cette occasion. Je ne répondis pas. Non que j'en fusse incapable; mais la polémique eût dépassé de pures questions d'Art. J'avais vaincu sans triompher... Quelques mois plus tard, Antoine exposa une série de dessins représentant, dans une insoutenable nudité, le visage de sa femme. Un silence prudent, ou inquiet, les accueillit, comme s'il nous eût donné à voir là le visage d'une morte.

XIX

Irina alla chez nous mettre au monde un garçon dont la beauté, au dire de ma mère qui assista sa bru dans le travail, promettait de rassembler les traits les plus fins de ses parents. Je songeai à la petite Léa. Je n'avais plus la cruauté futile de jadis ; cette naissance m'était indifférente — et je restai plusieurs années avant de connaître le visage de l'enfant. Irina m'inspirait un vague dégoût (puisque j'étais incapable de pitié). Il m'arrivait de la croiser, dans la rue, portant tout contre elle son fils ; je changeais de trottoir et suivais du regard cette trop jeune mère à qui sa progéniture donnait une figure triomphale, lasse, un peu bête — ce qui me confirmait que ma victoire sur elle était définitive, Irina se crût-elle victorieuse par le simple fait qu'elle avait enfanté. À qui voulait l'entendre, je répétais que cet enfant, Antoine et Irina l'avaient eu par désespoir ; je ne m'expliquais pas davantage. Jamais je n'ai pu croire qu'un être tel qu'Antoine ait éprouvé le besoin de se perpétuer. Il y a des êtres pour rien, si l'on peut dire, dont l'existence n'a d'autre fin que l'écoute inlassable et sans espoir de leur chant intérieur. Pour la plupart, ce chant n'est qu'un infini radotage, un bruit d'eaux usées ; certains en décèlent l'écho dans une femme, un homme, ou en eux-mêmes ; d'autres, plus rares, chez un frère ou une sœur. Il s'élève en nous une chambre au cœur de laquelle les bruits et les couleurs du monde n'ont plus nulle force : une chambre dédiée au visage de l'Autre, qui se révèle à nous comme l'unique miroir où nous délivrer, fugitivement, dans une eau très pure, de notre visage mortel. Ainsi, au plus extrême de son éloignement, de son silence, de son absence, ne cessait de poindre en moi le visage d'Antoine. Ainsi retrouvais-je, au plus profond des nuits de détresse ou de joie douloureuse, le sentiment d'éternité qui m'empêchait de m'abandonner au désespoir. J'étais indifférent déjà à ce qui pouvait m'arriver : indifférence à quoi la haine qui aiguisait certains de mes sentiments cédait de plus en plus, et que je tentais de combattre par le désordre de ma vie, sans mesurer à quel point ce désordre était le contrecoup du secret désespoir dont Antoine était la proie.

Je retrouvais des femmes, à midi, dans des cafés fréquentés par des ouvriers, l'après-midi dans de petits musées déserts, ou dans des cimetières, devant la tombe d'un personnage célèbre. Le soir, je prétendais rester seul pour écrire. De la sorte, ce n'était pas l'amour que ces femmes disaient me porter que je mettais à l'épreuve, mais la nécessité de m'approcher d'autrui. Je fuyais : elles ne cessaient de me le répéter ; or, que pouvais-je fuir, sinon moi-même, dans une sorte de cauchemar qui me faisait éprouver l'impossibilité de fuir ? Toutes s'exaspéraient de ma froideur, de mes réticences, de ce qu'elles appelaient mon attitude suicidaire. Je ne répondais rien. Les mots du vocabulaire amoureux, je ne les prononçais pourtant pas et n'admettais pas qu'on puisse me reprocher d'être égoïste, de n'avoir rien à donner, de me contenter d'user du corps féminin comme si j'eusse été seul au monde... Je laisse aux autres le soin d'aimer et d'être aimé, de réunir en une gerbe vaine ces affections diverses qu'ils nomment amour, et de s'en débrouiller. Pour l'amour charnel, je le recherchais de façon effrénée, et ne parvenais que rarement à mes fins ; souvent ma beauté intimidait les femmes ; ou bien me retenait, dans leurs corps, quelque détail (grain de beauté, lèvres trop minces, tache de naissance, sourire trop ingénu, râle excessif) qui finissait par me dégoûter. Je sentais aussi, inquiet, le visage d'Antoine s'incliner par-dessus mon épaule nue : c'était à lui que je dédiais mon fugitif plaisir — et je n'avais alors d'autre souci que de regagner la solitude de mon appartement pour y attendre le sommeil.

XX

Je cessai de m'agiter. Je demeurai des journées entières à songer à notre enfance, à me remémorer l'odeur de la brique chaude et des puits moussus, le bruit des hautes herbes couchées sur le bief par le vent d'autan, la quiétude parfaite de ces heures que nous nous dédiions l'un à l'autre ; dans mon demi-sommeil, m'en revenait le grain, inaltéré, comme si mon frère, allongé à mon côté, eût délaissé la contemplation des nuages pour poser sur moi un regard qui avait la pâleur d'un ciel d'été.

Je ne sortais qu'à la nuit, pour des déambulations sans but dans des quartiers inconnus, et de brèves haltes dans des cafés où je me laissais aborder par des hommes étranges — dont l'unique désir était de se confier, comme à une femme à qui ils auraient acheté un peu de temps. L'atmosphère lourde de cette fin de printemps était propice aussi à ces confidences soudaines. Je me rappelle un vieux poète anglais, rencontré dans un restaurant de la rue Blanche, qui disait n'écrire que des sonnets en français et que je scandalisai en soutenant n'avoir que mépris pour la forme littéraire ; il buvait du bourgogne en compagnie d'un homme sans âge, aux yeux brillants et tristes, qui passait la majeure partie de l'année en mission aux îles Kerguelen. Je l'écoutai me parler longuement de sa vie dans cet archipel sur quoi Antoine et moi avions si longuement rêvé. Moi qui n'étais en vérité curieux de rien, n'avais nulle envie de voyager et ne me souciais plus, à vingt ans, que de mon repos intérieur, j'eus le vif désir d'aller, gagné par l'enthousiasme de l'inconnu, dans ces îles nues. À voix plus basse, l'homme me fit ensuite de tout autres avances ; je les ignorai, me levai, de nouveau en proie à ma rêverie et au besoin de marcher. L'homme me suivit assez longtemps avant de m'abandonner pour d'autres figures, plus avenantes.

Plus tard dans la nuit, j'allais parfois retrouver une jeune Luxembourgeoise pour qui j'éprouvais une sorte de tendresse qu'entravait un peu un prénom qui avait alors quelque chose de vieillot et que je modifiais, l'italianisant en Paulina, en hommage à Pierre Jean Jouve. Je me montrais négligent, presque cruel. Elle avait la bonté de me trouver distrait et faussement cynique. D'un caractère doux, réservée, presque lointaine, elle s'accommodait de mes sautes d'humeur, de l'irrégularité de ma fréquentation, parlait peu, m'écoutait volontiers, posait des questions pertinentes. Elle avait une beauté un peu lourde, un visage rond dans lequel rayonnaient des yeux d'un vert profond, une épaisse chevelure châtain. Je prétendais voir dans son regard les brumes de son pays natal. Sa douceur me faisait retrouver auprès d'elle, parfois sans transition, la paix de mes après-midi. Avec Pauline, je me délivrais de moi comme dans les eaux d'un fleuve — ce qui la porta sans doute à croire que je l'aimais et, à tout le moins, ne la dissuada pas de m'aimer. Comme les autres, elle souhaitait me convaincre que l'amour existe, et qu'il n'est pas d'amour sans réciprocité.

Elle travaillait sur la prose de Rilke et j'aimais l'entendre me lire, à mi-voix, des vers ou des lettres de ce poète que j'admirais et que mon ignorance de l'allemand m'interdisait de goûter pleinement. Lorsqu'elle lisait les poèmes que Rilke écrivit en français, la voix de Pauline retrouvait je ne sais quelles inflexions étrangères qui me faisaient tressaillir. J'étais assez libre avec elle pour, en retour, lui réciter des dizains du ténébreux poète français du XVIe siècle dont j'étudiais l'œuvre : je retrouvais mon accent méridional, bredouillais les vers de Scève et me perdais dans ces yeux placides au fond desquels je voyais des reflets d'or. Je ne lui parlai jamais ouvertement d'Antoine, dont je reprenais à mon compte quelques-uns des goûts et jugements. Je prétendis aimer les petites îles. Pauline eut un sourire radieux — un de ces sourires qui découvrent trop les dents des femmes et m'ont toujours paru d'une grande impudeur. Elle me dit avoir, elle aussi, un frère qui peignait, et habitait l'une des Baléares ; il y vivait de sa peinture ; rien, ajouta-t-elle, ne nous empêchait d'aller là-bas quelque temps. Je souris et me retirai dans l'ombre, songeant que je n'avais nul désir d'aller aux Baléares, que je trouverais toutes les raisons de ne pas y aller, et que, d'ici l'été, j'aurais probablement rompu avec Pauline.

XXI

Au milieu de juillet, Pauline me reparla d'Ibiza. Je l'avais retrouvée à la terrasse d'un café, dans le quartier des Batignolles. Elle me tendit deux billets de train pour Barcelone. Je regardai devant moi : l'avenue vide était si ensoleillée que j'en eus la nausée. Pauline me dévisageait en souriant. Je n'avais pas pris les billets ; je baissais la tête ; j'étais soudain en proie à des tergiversations sans fin, comme chaque fois qu'il s'agit de quitter les chambres où j'ai réussi à pacifier mes démons, à aiguiser ma haine, à m'abandonner à d'interminables songeries. Je pensai avec passion à notre demeure familiale, aux mains fraîches de ma mère sur mes joues lorsqu'elle m'accueillerait, à ma chambre natale, à la table de travail qui m'y attendait, chaque jour fleurie par notre vieille servante, et à l'œuvre dont je me croyais alors porteur. Je songeais aussi à une lettre récente de ma mère : Irina venait de s'installer chez nous avec son fils, pour plusieurs semaines, tandis qu'Antoine passerait l'été à naviguer, seul, dans les Sporades.

Au comble du désarroi, je m'étais sans doute mis à murmurer, à insister sur la nécessité de la retraite, du silence, de l'Œuvre ; j'eus la faiblesse d'évoquer Rilke et sa solitude valaisane. Pauline avait compris ; elle pleurait en silence, le visage fermé. Ces larmes m'exaspéraient : je le lui dis. Elle me regarda, incrédule, puis en colère, et finit par crier que c'en était terminé. Je me crus fort d'une décision qu'en vérité personne n'avait prise — et ceci alors que je me savais aussi incapable de passer l'été à Paris que de vivre sous le même toit qu'Irina. J'étais sur le point de me lever, de quitter Pauline, de brusquer les choses. Nous continuions de nous taire. Vers midi, une pluie d'orage nous fit refluer à l'intérieur du café. Le garçon vint me demander de payer. Je n'avais pas de quoi régler entièrement l'addition — et Pauline prétendit n'avoir sur elle que quelques centimes, si bien que, humilié, exaspéré, je dus proposer au patron de garder mes papiers en attendant que je revienne payer ; il se contenta de ce que je lui versai et nous montra la porte. Nous attendîmes la fin de l'averse sous l'auvent d'une boutique. La figure de Pauline avait une dureté que je ne lui connaissais pas. Je tremblais, étais près de me mettre à crier, ou de pleurer. Ma veulerie n'exaspérait plus Pauline : elle avait gagné, quoiqu'elle l'ignorât encore ; elle fit quelques pas en avant, offrit son visage aux dernières gouttes de pluie. Ce fut ce geste sans importance, destiné peut-être à masquer de nouvelles larmes, qui me décida, ou plutôt me fit céder.

XXII

Le même soir, nous étions seuls dans un compartiment de deuxième classe. Je croyais bien connaître les femmes : c'étaient elles qui me jugeaient, portant sur moi pour la plupart un regard aussi perçant que le regard maternel. Quant à l'expérience dont je m'imaginais nanti, elle se résumait à maintes liaisons fugitives. Au moment de mon départ pour Barcelone, je n'avais réellement possédé que cinq ou six femmes, et autant de prostituées. Je n'étais soudain plus qu'un très jeune homme à la dérive, replié sur sa seule haine du monde tel un drapeau sur son mât — et encore cette haine ne se manifestait-elle plus que par une intense détresse qui m'empêchait de dormir. Cette nuit-là, je la passai, hagard, couché en chien de fusil en face de Pauline à qui j'avais refusé l'étreinte qu'elle désirait, s'étant dénudée avec une impudeur inaccoutumée qu'elle croyait sans doute justifiée par les circonstances et le lieu, et qui me déplut. Ma froideur nous repoussa dans le silence. Je ne m'assoupis que vers Montauban et me réveillai alors que le train manœuvrait en gare de Narbonne : sommeil singulier, où je devais voir la nécessité de ce voyage, puisque je ne m'étais pas réveillé à l'arrêt de Toulouse, pendant lequel je serais à coup sûr descendu pour regagner le lieu qui ne cessait de me hanter : ma chambre natale.

C'était à qui, de Pauline ou de moi, dans l'aube sale du compartiment où nous avions soudain trop chaud, prononcerait les premiers mots. Élever la voix eût été, pour moi, me mettre à hurler ; Pauline le comprit-elle qui, le plus bas possible, murmura qu'elle allait acheter de quoi boire et manger ? Elle revint les mains vides ; je n'en fus pas trop fâché : je n'aime pas voir manger une femme et aime encore moins manger en un lieu public. À la frontière, il fallut changer de train. Les vérifications d'identité étaient interminables et le train espagnol ne se décidait pas à démarrer ; quand il roula, ce fut pour s'arrêter, inexplicablement, et souvent, en pleine campagne. Je voulus me rafraîchir la figure dans les toilettes. Je me frayai un chemin dans une foule braillarde, qui sentait la sueur et l'oignon, jusqu'à des cabinets dont la porte ne fermait plus et où la cuvette avait été arrachée : le sol était couvert d'excréments et de morceaux de journaux sales. Des femmes fortes, entourées d'enfants, rirent de ma déconvenue — autant que de mes cheveux longs et de mes ongles qu'à cette époque, avec un reste de puérilité funèbre, je vernissais de noir.

À Barcelone, dans une lumière poudreuse de fin d'après-midi, la recherche d'une chambre d'hôtel fut l'occasion de vexations répétées. L'ordre franquiste régnait encore et nous ne pouvions produire de papiers attestant de liens conjugaux : des femmes au visage sombre et sévère nous dévisageaient longuement avant de refermer sur nous la porte entrebâillée d'entresols obscurs. Ma haine de ce peuple prétendu fier et qui n'avait l'air qu'arrogant et mesquin ne le disputait qu'au harassement et à un sentiment croissant de honte. Nous finîmes par trouver un hôtelier complaisant, qui accepta de nous croire de simples *amigos* et nous loua une chambre à deux lits non loin de la plaça Lluis Millet aux belles façades roses, peintes en trompe l'œil. Nous dînâmes au bord d'une avenue passante. Je bus beaucoup de bière; j'achetai un paquet de cigarettes au goût âcre, sur lequel figurait un bison; puis nous attendîmes la nuit, marchant en silence, nous arrêtant sur des bancs pour des conversations au cours desquelles je me montrais débordant d'affection pour Pauline. Le désir me vint, très vif, de l'étreindre, et tandis que nous regagnions l'hôtel à travers des ruelles mal éclairées, je m'arrêtais fréquemment pour lui baiser la bouche et la serrer contre moi — jusqu'à ce que deux gardes civils, surgis de l'ombre, nous aient enjoint brutalement de contenir nos ardeurs. Je considérai avec stupeur ces couvre-chefs étranges qui luisaient dans la nuit, ces bouches frémissantes d'indignation; Pauline me supplia de ne rien dire, me tira par le bras.

Notre étreinte fut brève, et mon plaisir si infime, si décevant, que je fus rejeté au plus noir de moi-même. Je fus pris pour Pauline d'une répulsion que je ne m'expliquais pas, et d'une haine si vive qu'il ne me fut pas possible de les lui cacher : elles m'eussent conduit à la gifler si je ne m'étais précipité sur l'étroit balcon, où je restai plusieurs heures, insensible aux sanglots de la jeune femme, fumant et regardant les guirlandes de lumignons ornant des navires de guerre à quai dans le port.

XXIII

Le lendemain, nous fîmes comme si rien n'avait eu lieu. Nous visitâmes la cathédrale pendant un office; l'odeur de l'encens m'écœurait; l'architecture m'ennuyait plus que jamais; je laissai Pauline aller voir seule la Sagrada Familia de Gaudi. Je n'étais plus soucieux que de me dérober à l'infaillible soleil — et, ce matin-là, d'apaiser mes entrailles qui me faisaient souffrir au point que je dus descendre dans d'immenses latrines presque obscures, gardées par un homme obèse, hautain et las, qui exigea de la menue monnaie en échange de papier hygiénique qu'il mesura chichement. Enfermé dans une cabine, le pantalon sur mes chevilles, je sanglotai comme un enfant au milieu de bruits d'eau et de voix sourdes. Je retrouvai Pauline dans un musée d'art moderne, où je ne regardai rien, sauf le visage de certaines visiteuses. D'interminables avenues bordées d'arbres poussiéreux nous menèrent aux faubourgs. J'étais épuisé, furieux, prêt à tous les débordements. Je m'emportai contre Pauline qui prétendait visiter la colline de

Montjuich, à l'autre bout de la ville ; j'en avais assez : je le dis. Pauline s'efforça de sourire ; elle répondit lentement que si je n'avais pas la force d'attendre le bateau pour Ibiza, qui ne lèverait l'ancre que le surlendemain, nous pouvions tenter de prendre l'avion.

De la nuit que nous passâmes à l'aéroport, je garde un souvenir halluciné. Ces salles d'attente claires et spacieuses, bruissantes de langues inconnues, m'apaisèrent. Pauline commença de lire *le Bleu du ciel*. J'avais ouvert *le Soulier de satin*, mais ne parvenais pas à m'y intéresser : je regardais devant moi, jetant de temps à autre un coup d'œil au livre de Pauline pour savoir où elle en était de ce texte que je connaissais alors presque par cœur. Elle le referma bientôt ; sans tourner la tête, elle dit que c'était bien là un livre pour moi, qu'elle n'avait que faire, elle, du rire, du vide, de l'ivresse, de la souffrance, de la mort, et qu'elle était du côté de la vie. Plus que de l'agressivité, il y avait dans ses propos un défi mêlé de lassitude. Je fus sur le point de la trouver d'une bêtise insupportable. Elle bâilla comme une petite fille, posa la tête sur mes genoux, s'endormit.

Je ne supporte pas le spectacle d'un être humain en train de dormir — pas même celui de mon frère, qui détestait d'ailleurs être surpris de la sorte, la figure relâchée ou prise de légers et ridicules soubresauts. Le visage de Pauline endormie m'inspirait une répulsion croissante ; je m'efforçais de ne pas le regarder mais revenais à lui, irrésistiblement, comme pour m'assurer qu'il me dégoûtait à juste titre et à tel point que je dus me dégager et aller marcher entre des voyageurs somnolents qui attendaient, comme nous, les premiers avions pour les îles.

Au milieu de la nuit, on appela plusieurs fois par haut-parleur une femme dont le prénom de Mercedes, prononcé doucement, me fit presque m'éprendre de cet être que j'imaginais, naïvement, d'une beauté hautaine, rare, ferme ; je guettai cette Mercedes qui ne se présenta pas au guichet ; j'en conçus un dépit qui accrut ma haine de Pauline et atteignit son comble peu avant l'aube, puis tourna à l'angoisse. Je n'avais rien mangé depuis la veille à midi ; mes nerfs étaient surexcités par le tabac. Je me rassis, fermai les yeux et me rabattis, si je puis dire, sur la répulsion inspirée par Pauline : je m'attachai à imaginer la jeune femme entièrement nue, dans des positions grotesques ; son prénom, par ses sonorités mates, soulignait trop bien l'épaisseur de ses fesses ; je m'acharnai à me la représenter en victime de personnages de Sade, puis de Pauline, je ne sais pourquoi, je passai à mes parents, que je me représentais, eux aussi, nus, montant à l'échafaud, abandonnant à un bourreau d'Ancien Régime leurs chairs flétries. J'étais un scélérat. Je transpirais ; ce cauchemar effréné, volontaire, impie, aux détails de quoi mon esprit s'attachait avec une précision douloureuse, me devint intolérable : je me mordis la paume jusqu'au sang pour ne point hurler. Je m'apaisai peu à peu. J'avais rencontré les yeux fixes d'une fillette blonde, à qui je finis par sourire. Nous nous regardâmes jusqu'au lever du jour, jusqu'à l'épuisement.

XXIV

Je n'avais jamais vu la mer. Des hauteurs d'Ibiza, je découvris cette étendue trop vaste et aveuglante que je n'approcherais pas davantage. La chaleur, le ciel, des odeurs inconnues et trop fortes me repoussèrent en moi ; je ne rechercherais bientôt plus que l'ombre des pins, des porches, des groupes de petits édifices cubiques et blancs que sont les fermes de ce pays. À aucun moment je n'eus le sentiment de me trouver dans une île, et songeais non sans déception à ce qu'Antoine m'en disait autrefois.

Un autocar nous conduisit vers l'intérieur, à Santa Eulalia, où nous attendîmes en vain le frère de Pauline. Il nous fallut gagner en taxi le hameau de San Carlos, situé sur une petite crête, et attendre encore dans l'auberge de Teresa, sous une treille si fournie qu'elle nous dérobait le ciel. Pauline et moi n'avions pas échangé un mot depuis l'aube ; notre indifférence était feinte, rendue aisée ou nécessaire par la fatigue et l'attente du frère, qui ne se manifesta qu'à la fin de la journée. Gérard avait la trentaine, un visage fermé, aux traits fins; il portait de longs cheveux châtain réunis en queue de cheval. Il s'approcha de sa sœur sans rien dire ni sourire, lui baisa les lèvres avec un faux naturel qui me le fit détester sur-le-champ. Jamais nous n'échangeâmes plus de quatre mots. Il usait d'ailleurs avec Pauline du dialecte luxembourgeois — ce qui, tout à la fois, m'irritait et me permettait de ne pas me soucier d'eux. La nuit tombait. Il nous conduisit à la ferme qu'il habitait, sur le flanc d'une large vallée, au milieu de pins et d'oliviers : elle était formée de six cubes percés d'étroites fenêtres sans volets ni carreaux, adossés trois à trois; il disposait de trois pièces; les autres étaient occupées par des Suisses alémaniques que l'on entendait chanter jusqu'au milieu de la nuit. Gérard nous offrit du pain, des tomates, du fromage, des figues et un vin âcre dont il buvait à longs traits, la tête renversée, laissant couler sur son torse nu des filets qui brillaient comme du sang. Quelqu'un s'approcha de notre feu, allumé au centre de la cour de terre battue : c'était Margrit, une jeune Allemande, dont la tête et le buste semblaient enveloppés, telle une dame punique, d'un grand drap sombre. Gérard et sa sœur se lancèrent avec elle dans une conversation interminable et, pour moi, incompréhensible. Je gagnai la pièce qui nous était attribuée, tirai de ma valise un sac de couchage que j'étendis sur une natte. Je m'endormis. À l'aube, je suffoquais; la porte était restée ouverte et les mouches entraient. Le corps de Pauline, recroquevillé contre le mur opposé, me répugnait toujours autant. Je sortis. Dans la cour, Gérard puisait à la citerne de l'eau qu'il laissait couler à pleins seaux sur son corps : il était entièrement nu. Il me dit de ne pas boire l'eau de la citerne. Je hochai la tête, et me mis à marcher vers le sommet de la première colline ; à mi-hauteur, je m'arrêtai sous un amandier ; au fond de la vallée, des voitures descendaient déjà vers la mer qu'on n'apercevait pas. Je somnolai, puis je brisai les unes avec les autres quelques pierres plates. À mon retour, Pauline se lavait près de la citerne. Elle me tendit les lèvres ; je lui dis que je n'étais pas son frère et regagnai l'ombre de la chambre, où elle me suivit, presque nue, les bras ballants, si pitoyable et semblable au personnage de ma rêverie scélérate de la veille que je fermai les yeux. Elle me demanda de l'accompagner à Santa Eulalia ; je refusai, arguant de la chaleur trop forte, d'une mauvaise nuit qui me laissait les nerfs à vif. Je déployai sur ma figure et mon corps nu une grande chemise. Pauline riait, murmurait que je ressemblais à un mort. Son rire sonnait faux.

Je jugeai excessive, inexplicable la répulsion haineuse que je nourrissais à son endroit ; mais je ne pouvais m'en défendre : on eût même dit, dans les jours qui suivirent, que la conscience que j'avais de mon ignominie ne faisait que me rendre plus odieux. Vers midi, je rejoignis Pauline sous la treille de Teresa. Je posai sur la table un autre livre de Bataille, *Madame Edwarda*. Pauline me regarda l'ouvrir, exaspérée ; je me réjouis : la colère donnait à son visage un peu de cette vivacité qui lui faisait défaut. Nous conversions comme nous l'aurions fait dans un café parisien. En vérité, j'étais presque le seul à parler, m'appliquant ainsi à ignorer l'endroit où nous nous trouvions. J'étais grotesque. Autour de nous, mangeaient en silence des jeunes gens venus de pays du Nord ; leurs chevelures, leurs barbes, leurs yeux pâles et stupéfaits, leurs torses boutonneux, brûlés par le soleil leur donnaient des allures barbares. Leurs compagnes semblaient souffrir, résignées, d'une étrange langueur. Les seuls à se faire entendre étaient mes compatriotes ; je ne les écoutais pas ; je m'abandonnais à une attente dont je ne savais ni l'objet, ni la durée, ni même si c'était une attente.

XXV

Je dormis dès lors sous un figuier, un peu au-dessus de la ferme. Les mouches m'éveillaient dès l'aube. J'allais à la citerne, me dénudais, me lavais en regardant paraître un soleil que je fuirais tout le reste du jour. La chaleur sèche de l'île m'irritait au point de me tirer des larmes : arbres, visages et corps semblaient se tordre derrière une vitre dépolie. Je ne quittais guère le cube d'ombre de la chambre. Pauline s'était fait des amis et passait ses journées à la plage.

Ma valise ne contenait que des vêtements inutiles sous un tel climat, et de nombreux livres dont je me lassai. Il ne me restait plus qu'à écrire : ne prétendais-je pas, chaque soir, à l'auberge, que j'étais écrivain ? Or, le soleil, le bleu du ciel, l'extrême solitude de mes jours et de mes nuits, me révélaient l'inanité de ma condition de poète. Écrivain, je ne l'étais qu'en intention, par dépit de ne pouvoir être un peintre — incapable en tout cas de retrouver jusqu'à l'obscure veine poétique dont je croyais, présomptueux, avoir fait ma manière et qui n'était que l'habile réinscription de lectures diverses. Ainsi j'en fus réduit, non pas au journal intime, trop pervers à mon goût, et dérisoire miroir, mais à la lettre, seule manière — littéraire encore — de m'apaiser un peu en ce temps de détresse. J'en écrivis d'innombrables, souvent sans me soucier de leur destinataire ; elles n'étaient pas dépourvues pour autant de sincérité, même si je rêvais déjà, et complaisamment, à un recueil posthume dont le titre fût quelque chose comme : *Lettres d'Ibiza*, où je donnerais à lire l'essentiel de mon existence, c'est-à-dire pas grand-chose. En vérité, un seul être en était le destinataire, sinon l'inspirateur ; et à relire aujourd'hui celles que j'envoyai à Antoine, je ne peux m'empêcher de sourire : leur lyrisme tendu, la rage, le pathos qui les animent, révèlent, outre le ridicule de ma jeunesse, un sentiment d'imposture à être au monde — comme si je ne me percevais alors plus, dans mon désarroi, que comme une invention de mon frère, son double fugitif, fantomatique. Reste que, sans ces missives, j'ignore comment j'aurais pu demeurer dans l'île.

J'avais d'ailleurs très vite cherché à quitter Ibiza — à fuir, à échapper à l'impression douloureuse de n'être que l'élément d'un songe. Je marchai jusqu'à Santa Eulalia, puis gagnai la ville en autocar. Il me fut impossible de modifier la date portée sur mon billet de retour, ou de trouver, avant plusieurs jours, une place dans aucun bateau. J'errai tout le reste du jour dans les ruelles d'Ibiza, buvant aux fontaines, m'allongeant, dans la ville haute, sur des murets bordant des précipices, les yeux fermés, songeant qu'il m'eût suffi pour en finir d'un geste de dormeur qui se retourne. Le soir, je bus un grand verre de citronnade en compagnie d'un homme qui m'avait abordé sur le port. Il était jeune encore, presque chauve, gras, puant l'ail; il me dit se prénommer Jaime; il habitait Santa Eulalia où il était fonctionnaire et où il accepta de me reconduire. Il voulait que je dîne chez lui; sur mon refus, il m'invita dans un restaurant agréable. Nous nous exprimions dans un sabir où se mêlaient l'espagnol, le français et l'anglais. Jaime me montra une photo de sa défunte épouse. Il était d'une bêtise et d'une délicatesse inouïes. Il fut, sans le savoir, responsable de ma rupture avec Pauline.

Jaime était ivre. Mon indolence et mon ivresse lui laissaient-elles tout accroire? Il se mit à me caresser la main sur la table; si je ne la retirai pas, c'était que je venais de voir entrer Pauline et son frère; ce dernier passait souvent, le soir, dans ces restaurants fréquentés par des étrangers, pour y vendre des dessins et des gouaches que je jugeais ni plus ni moins exécrables que ce qu'on propose d'ordinaire à des touristes abrutis de chaleur et d'alcool. Pauline s'approcha; je ne lui laissai pas le temps de parler : je lui demandai d'appeler Gérard. Jaime avait retiré sa main et ne cachait pas sa contrariété; il transpirait; Pauline ne quittait pas des yeux cette main velue qu'elle avait vue tenir la mienne. Je souriais. J'eus la cruauté de prolonger cette scène en obligeant le petit fonctionnaire à m'offrir un des dessins de Gérard, pour le choix duquel je pris tout mon temps. Pendant que Jaime discutait le prix avec Gérard, Pauline s'accroupit à côté de moi et me dit, doucement : « C'est pour ça que tu m'as accompagnée à Ibiza, pour ça... » Ce n'étaient là ni une question, ni un reproche, ni même une constatation, mais des mots au-delà de toute détresse, qui me firent me lever, planter là Jaime et les autres, et regagner San Carlos à pied, dans la nuit. En approchant de la ferme, je heurtai du front une branche d'olivier, si fort que j'entrai en titubant chez les Suisses, où il y avait de la lumière : les trois jeunes gens se mirent à rire ; je les crus ivres du haschisch qu'ils fumaient quotidiennement ; mais c'était le sang qui me coulait sur la figure et dans le cou qui les rendait hilares. Nous fumâmes ; je fus bientôt gagné du même rire qu'eux, un rire sans objet, interminable, quasi désespéré, que je n'apaisai qu'en allant m'allonger sur la terre battue de la cour, d'où je contemplai fixement les étoiles qu'il me sembla sentir scintiller en moi.

XXVI

Ni Pauline ni son frère ne me chassèrent. La face barbouillée de sang qu'elle découvrit en rentrant y fut sans doute pour beaucoup. Pauline eut des gestes maternels. Il ne fut jamais question de la scène du restaurant, ni même de nos relations. La jeune femme ne montrait guère ses sentiments ; elle me savait prêt à tout, me connaissant mieux que je ne le supposais ; elle trouvait dans une pitié sans mépris la force de renoncer à moi tout en continuant de me voir. Et de même qu'on se sent avec étonnement délivré d'une vive douleur, dès le lendemain se dissipèrent la haine et la répulsion : je pus regarder sans dégoût la jeune femme, lui parler, lui représenter la nécessaire conjonction de la chaleur de l'île et de la chasteté, avoir même pour elle des gestes tendres qui la faisaient sans doute souffrir. Elle avait encore le courage de paraître s'en amuser : « Tu parles trop, tu n'es qu'un hâbleur », me disait-elle, en souriant et en me repoussant.

Je ne pouvais quitter Ibiza avant une dizaine de

jours. Détaché de Pauline, rendu à moi-même, je l'étais également à l'absence de temps : je sentais se rétablir en moi l'équilibre stellaire dont le haschisch m'avait remémoré la toute-puissance. Rappelé en quelque sorte à l'ordre, j'en vins à aimer l'immobilité dans laquelle je passais mes matinées, allongé contre le mur de chaux blanche, à observer tantôt le déplacement d'insectes entre les cailloux, tantôt, les yeux clos, les métamorphoses de ma nuit intérieure qui n'était plus qu'une sorte de clair-obscur où je me terrais en vain. Un matin, s'éleva dans la chambre voisine le râle d'une très jeune femme, qu'accompagnait, plus étouffé, celui de Gérard. Je me croyais seul : je fus bouleversé par ce chant inconnu de moi, qui ne m'étais jusque-là soucié que d'atteindre au plus vite un plaisir dont le peu d'intensité ne méritait, me semblait-il, pas un soupir, et encore moins les faibles gémissements dont mes partenaires pensaient me faire l'hommage. Cette fois, j'écoutais quelque chose qui me clouait à moi-même comme il clouait peut-être Gérard à sa compagne, un chant d'une beauté quasi intolérable, dans lequel on eût en vain tenté de distinguer souffrance et joie — et qui était sans doute l'au-delà de toute peine et de toute joie, sorte de buisson ardent où venait se défaire la dépouille humaine en son œuvre charnelle pour atteindre l'instant où deux êtres affrontés tentent de s'échanger l'un à l'autre et finissent par hurler au cours d'une chute dans le vide d'une nuit étoilée; et cette chute n'est ni défaite ni accomplissement, mais restitution de soi à soi, dans une pacification appelant un nouveau tumulte, d'où renaît bientôt le même chant. Celui-ci était d'une générosité absolue ; je m'y abandonnai : je me dénudai, me caressai à mesure qu'il s'élevait, oubliant la double plainte qui suscitait le mouvement de mes mains sur mon membre, et lui accordant la raucité de mon souffle, jusqu'à ce que je me sois délivré de moi avec des larmes d'enfant.

Le même soir, j'eus avec Margrit une longue conversation en anglais qui porta d'emblée sur la chair. Venue pour voir Gérard, et dépitée qu'il la délaissât pour une jeune insulaire, elle fit du feu dans la cour et prépara en silence à dîner. J'observai à loisir ce visage aux traits un peu forts mais réguliers, cette abondante chevelure rousse, ces yeux clairs, cette poitrine lourde. Nous mangeâmes sans nous quitter des yeux ; ensuite Margrit roula une cigarette de kif, s'étendit contre moi sur sa djellaba noire, lisérée d'or ; elle me dit que je lui plaisais, mais qu'elle revenait du désert marocain où elle avait ressenti la nécessité d'être chaste, et que Gérard avait été sa dernière faiblesse. Ce discours sentait trop le dépit et une sagesse bon marché ; le kif et le souvenir de la scène matinale exacerbaient mes sens ; les propos de Margrit, que j'eusse sans doute approuvés en d'autres circonstances, m'irritèrent, surtout lorsqu'elle me caressait la joue pour me reprendre la cigarette. Elle s'en aperçut, sourit, se pressa davantage contre moi, puis se remit à parler. Sa conversation me lassa ; je m'éloignai sans rien dire et allai dormir sous mon figuier.

XXVII

Les râles chaque matin de Gérard et de sa compagne — frêle et brune jeune fille apparue avec l'aube et en allée peu avant midi — me devinrent insupportables. Je me réfugiais très tôt sous la treille de Teresa, d'où je ne bougeais plus avant la nuit, assis à une table du fond sur laquelle on entreposait le courrier. Enveloppé dans la djellaba de Margrit, j'écrivais, observais, écoutais, parlais, passais sans peine pour un être singulier — sinon pour un poète ; et cette condition me valait la considération de Teresa et de ses petites servantes, silencieuses et renfrognées. J'irritais les hommes ; les femmes venaient volontiers s'asseoir à ma table, sans même plus prendre prétexte du courrier, m'offraient des cigarettes, de la bière, un peu de nourriture. Depuis plusieurs jours, je n'avais plus de quoi me payer qu'un seul repas quotidien, fait d'œufs durs, de crudités, de pain ; aussi mes interlocutrices, devinant ma faim à ma figure creuse, me laissaient-elles picorer dans leur assiette, quand elles ne me l'abandonnaient pas.

Chacune avait son heure ; d'autres, plus rares, venaient s'asseoir à la sauvette — telle la compagne de Gérard, de laquelle je découvris enfin le visage, pâle et d'une finesse de Saxe, et que j'écoutai se plaindre confusément de la brutalité des hommes — sans parvenir à imaginer qu'un corps aussi fluet fût capable de susciter les tumultes matinaux. Vers onze heures, Valérie, une israélite aux yeux très noirs et à la voix dure, me parlait avec ravissement de ce qu'elle exigeait de son amant et des prouesses de celui-ci : le mot amant revenait trop souvent dans sa bouche et d'une façon trop appuyée pour ne pas m'irriter — surtout à considérer l'amant, jeune homme d'apparence mièvre, soumise, lasse. Laure, elle, n'avait de goût que pour les personnes de son sexe, m'en exposait longuement les raisons et n'en finissait pas moins par me considérer avec une gourmandise furieuse. Kitty et Claudine étaient, avec Margrit, mes préférées : ces deux Parisiennes gouailleuses m'embrassaient à pleine bouche en arrivant et en me quittant ; elles aussi évoquaient, mais pour s'en moquer, les exigences, manies et faiblesses des deux Allemands fortunés chez qui elles vivaient, et qui hébergeaient aussi Margrit : ils s'adonnaient aux drogues dures, restaient hagards pendant des heures, revenaient de la mer surexcités ou haineux, se jetaient sur les deux jeunes femmes pour assouvir une fureur qui leur tenait peut-être lieu de plaisir. Kitty et Claudine qui, selon leurs dires, n'en étaient pas à leur premier acte de prostitution, affectaient d'en rire et de s'en accommoder; mais elles avaient peur des deux hommes, autant que Margrit qui me supplia un soir de l'accompagner chez eux : elle voulait reprendre ses affaires pour les déposer chez Gérard.

Les Allemands demeuraient de l'autre côté de la vallée. Nous pénétrâmes dans une pièce vaste, dont le sol et les murs disparaissaient sous des tapis et des tentures du Maroc. Les deux hommes — deux jeunes frères d'une beauté que l'on ne trouve qu'aux êtres désespérés ou promis à une mort prochaine — étaient allongés sur des coussins chamarrés, près d'une lampe basse. Margrit me dit que c'était avec eux qu'elle était allée dans le désert. Elle parlait haut : les deux frères n'avaient pas bougé; leurs regards ne s'étaient à aucun instant posés sur nous; nous n'avions rien à craindre d'eux. Margrit m'avoua qu'ils s'étaient partagé ses faveurs : révélation qui, je ne sais pourquoi, me dégoûta un peu, tout en me faisant comprendre mieux la chasteté de Margrit. Elle rassembla ses effets dans un grand havresac, alla parler aux deux frères qui ne répondirent rien et souriaient toujours stupidement.

Margrit marchait d'un pas vif dans la nuit. Ce fut elle qui décida de prendre à travers champs pour gagner plus vite la maison de Gérard, dont elle me montrait, au loin, les lumières. Je la suivais, étourdi par la faim et les cigarettes que nous avions dérobées aux Allemands : sous l'effet de l'excellent tabac virginien dont je n'avais pas l'habitude, je me mis à rire, à divaguer. Nous ne retrouvions pas la route, tournâmes en rond, interminablement : les champs étaient si petits et les chemins si courts entre les haies de roseaux secs qu'à tout moment nous pouvions nous croire sur la bonne voie. D'un versant de la vallée à l'autre, comme autant d'étoiles, vacillaient de minuscules lumières. Je me retournai vers Margrit; elle voulut rire; ses dents luisaient; les bras le long du corps, son sac abandonné à terre, elle me regardait. Je me rapprochai : elle se jeta contre moi, chercha ma bouche, tenta de me faire choir avec elle, sur elle. Je ne me souvenais plus que de ses propos sur la chasteté, affolé, redoutant autant que je le désirais le contact de cette poitrine lourde et ferme, de ces lèvres qui me brûlaient la figure et le torse, de ces doigts qui cherchaient à libérer mon membre. Je repoussai Margrit, qui s'affaissa en sanglotant. Jamais autant qu'à cet instant, il ne me fut donné de mesurer combien je préférais la fermeté de jeunes corps masculins aux mollesses et aux rondeurs des femmes — même si je ne pouvais me satisfaire qu'avec des femmes et que seule ma niaiserie m'eût empêché de m'abandonner à Margrit.

Je me mis à courir dans l'obscurité. Margrit me cria dans sa langue des mots que je ne compris pas. Je l'attendis. Nous nous dirigeâmes vers les plus proches lumières, parvînmes dans la cour d'une grande ferme. Des gens de tous âges étaient assis contre les murs et sous les porches; une lanterne, posée sur un tabouret, éclairait la cour. On nous accueillit en silence, nous invitant à nous asseoir; nous nous accroupîmes à la limite de l'ombre et de la clarté. Intrus, nous l'étions certainement; mais du moment que nous nous taisions et puisions dans les plats qu'on se passait, nous n'avions nulle raison de bouger. Un peu plus tard, une vieille femme se leva, prit Margrit par la main, lui jeta un châle sur la tête et l'entraîna vers le bâtiment principal. On m'enjoignit de les suivre. Nous entrâmes dans une salle fraîche et blanche, au fond de laquelle, parmi de très hauts cierges, des femmes en noir murmuraient autour d'un cercueil d'enfant ouvert.

XXVIII

J'entretenais avec Kitty des rapports assez ambigus pour qu'on la crût ma maîtresse. Sa vivacité et la liberté de ses gestes m'enchantaient autant que m'inquiétaient les ombres qui peuplaient par moments, le rendant vulgaire, le visage de Claudine. De Kitty j'acceptais ce que je n'avais encore jamais toléré d'aucune femme. Elle mettait à se raconter une ingénuité quasi romanesque, quoique sans pathos ni mauvais goût, ne regrettait nullement ce qu'elle appelait ses expériences de trottoir, soutenant même qu'elle respectait les hommes qui la payaient — et à la satisfaction desquels elle mettait, disait-elle, une application sans perversité. Ce que j'éprouvais pour Kitty était indéfinissable — et je ne cherchais pas à y voir plus clair. Certes, qu'elle se fût prostituée parce qu'elle avait eu faim — banlieusarde naguère naïve et tôt enfuie de chez elle — m'inspirait le même dégoût que les révélations de Margrit ; en même temps, elle savait se laver sous mes yeux de toute faute, retrouvant des gestes et un rire d'adolescente, et une grâce d'enfant pauvre. Je m'ouvris à elle. J'aurais déçu cette lorette déjà lasse si je lui avais dit la vérité sur mon imposture et les circonstances qui m'avaient amené dans l'île : poète, elle voulait que je le sois; j'en avais l'allure, l'air famélique, les yeux brillants, la parole émue ou obscure à souhait. Je lui récitais des vers de Baudelaire qui la faisaient pleurer; je lui parlais de notre demeure familiale, lui décrivais la pièce où j'aimais travailler, les endroits du parc où je rêvais; elle s'en émerveilla à tel point que, se lovant sur mes genoux, au grand dam de Teresa, elle me supplia de l'emmener là-bas, de ne pas quitter Ibiza sans l'en avertir : «Je me ferai toute petite, je ne te gênerai pas, tu me verras quand tu voudras»; et elle riait. «Est-ce que tu ne me trouves pas belle?», ajoutait-elle, en me découvrant ses seins et me mordant la lèvre jusqu'au sang — ce qui la faisait rire encore plus fort même s'il y avait dans ce rire quelque chose d'une supplique que j'accueillais avec un sourire gêné. Kitty disparut aussi promptement qu'elle avait surgi. Peut-être était-elle bien plus sincère et plus attachée à moi que je ne le croyais. J'affectais de n'en rien voir — ou bien étais-je encore trop innocent pour deviner le fond de cette âme simple.

Innocent, je ne le fus pas moins avec cette femme d'âge mûr que, faute d'avoir su son nom, j'appellerai la femme brune. Elle apparut un soir à l'auberge, accompagnée de deux hommes d'une trentaine d'années, et vint seule à ma table. Je bus le verre de bière qu'elle me tendait. Nous restâmes assez longtemps sans parler. Nous n'éprouvions nulle gêne. Les deux hommes, assis plus loin, nous regardaient avec indifférence — et le reste de la salle avec une curiosité qui réduisit les voix au murmure. Je perdis patience : je demandai à la femme brune ce qu'on me voulait.

— Que voulez-vous dire ? Pourquoi vous inquiéter ?

Elle parlait d'une voix un peu rauque et lente, dans un français exquis. Je ne sus quoi répondre. Je lui pris une cigarette, qu'elle alluma elle-même. Ce geste, s'il ne dissipa point la solennité de son attitude, me mit à l'aise. Ce qu'elle me voulait, je ne tenais peut-être pas à le savoir. Je m'étais mis à parler d'abondance, sans doute par peur ou, au contraire, pour la retenir le plus longtemps possible. Sa beauté discrète et calme, ses cheveux noirs coupés au carré, son teint d'une blancheur singulière en cette île dont elle était, me dit-elle, native, et, surtout, sa voix, m'étonnaient ; et elle jouait de mon étonnement, souriant un peu, m'écoutant gravement, ne prononçant que des paroles brèves. De ce que je lui dis, je ne me rappelle plus que les longues considérations — d'ailleurs empruntées à Antoine — sur l'alternance du grotesque et du sublime dans les symphonies de Mahler, qu'elle prétendait ne pas connaître, et sur la lumière intérieure des autoportraits de Rembrandt. Sans doute lui ai-je aussi avoué ma haine de ce climat trop chaud, de ce ciel sempiternellement bleu, de cette végétation sans mystère ; quant à mon goût des pays de brume et de neige, du silence, de la chasteté, j'en faisais les conditions nécessaires à l'élaboration de mon œuvre. Je fus soudain à court de mots. J'avais repris de la bière. La tête me tournait. La femme brune parut se recueillir, comme si elle n'avait attendu que ce moment : « Vous aimeriez sûrement ma maison; vous pourriez y travailler en paix », dit-elle un peu plus tard, trop tard pour que j'aie pu comprendre ce qu'elle m'offrait et que, confondant trop vite sa demeure et son corps, je semblais par mon silence arrogant refuser, fixant le visage vide d'une Danoise au fond de la salle, faisant comme si je n'avais rien entendu, ni vu la main qui s'avançait vers la mienne, paume ouverte sur la table, et que je ne saisis pas, peut-être parce que je ne pouvais plus qu'aller au bout de mon désarroi, ou encore pour voir si la femme brune irait jusqu'à saisir la mienne — laissant filer le temps, arrogant et doux et à ce point terré au plus bourbeux de moi que j'ai fermé les yeux pour ne pas voir les trois personnages sortir de l'auberge.

XXIX

Je ne quittais plus l'auberge que pour aller dormir sous le figuier. Je ne déplaçais ma chaise qu'au moment où un rai de soleil, perçant l'épaisse treille, me tombait sur la main ou sur la joue. Je lisais le *Journal* de Paul Klee. Je classais le courrier sur la table, selon un ordre qui me permit bientôt de mettre un nom sur la plupart des visages. De cette tâche Teresa me récompensait par des fruits, des œufs, de la bière ; mais sans doute lui inspirais-je avant tout une sorte de pitié. Parmi ces lettres arrivées de l'Europe tout entière, je guettais en vain une réponse d'Antoine à mes nombreuses missives. Je continuais d'en écrire, bien que je n'eusse plus de quoi les poster. Mes journées restaient rythmées par de longs moments de silence qu'interrompaient les visites de mes jeunes amies, ou encore, quand je n'écrivais pas, des entretiens avec des nouveaux venus à qui l'on me désignait comme l'un des personnages singuliers de San Carlos — sinon comme l'idiot du village. Il y eut ainsi cet étudiant breton qui m'offrit à dîner alors que j'avais à peine desserré les dents et qui n'en redoubla pas moins de gentillesse, jusqu'à me distraire un peu de mon attente et me présenter à ses amis belges.

Je connaissais de vue Madame H. ; cette veuve encore jeune et jolie vivait près de San Carlos, dans une grande ferme restaurée et meublée dans le goût espagnol ancien, en compagnie de ses deux filles et de son gendre. La beauté de Béatrice, la cadette, ne se remarquait pas d'emblée : elle était, en quelque sorte, dissimulée par sa grâce — encore qu'elle possédât cette finesse de traits et cette transparence, calme sous des cheveux d'un blond vénitien, savamment relevés en tresses, que l'on trouve dans la peinture religieuse flamande. Cette fille du Nord n'avait pas la jovialité de ses compatriotes, ni même de sa famille ; peut-être était-elle simplement timide, ou bien cherchait-elle avant tout, comme moi, à saisir le pur bruissement de jours sans autres événements que la perpétuation d'une attente à quoi l'on pressentait cependant qu'il faudrait bien mettre fin, comme on le fait d'un malentendu.

À la table des H., je dus parler, non pour payer de la sorte mon écot ou satisfaire quelque curiosité (et je savais gré aux H. de n'avoir jamais cherché à m'aborder chez Teresa) mais parce que mes hôtes étaient des gens d'une politesse exquise — de cette politesse qu'Antoine, au plus fort de mes révoltes juvéniles, m'avait appris à n'oublier jamais, comme s'il eût dû y aller de ma vie. À ma gauche, presque brûlant contre ma joue, je sentais le regard frémissant de Béatrice, vers qui je n'osais guère me tourner. Je parlai de la poésie et des peintres symbolistes belges, ce qui réjouit mes hôtes, ainsi que l'étudiant dont les yeux brillaient et qui faisait rire tout le monde par ses propos idéalistes. Je n'étais pourtant qu'un hâbleur sans vergogne : je n'avais jamais lu Van Lerberghe ni ses contemporains et ne connaissais guère de Khnopff, de Spilliaert ou de Degouve de Nuncques que les noms... Je n'avais plus l'habitude de manger autant ; j'étais ivre ; mon estomac se soulevait ; j'allai vomir dans le jardin, aidé de l'étudiant et d'Anne, la sœur de Béatrice, qui m'essuya la bouche et m'empêcha d'enterrer mes immondices. Je titubai jusqu'à Madame H., devant qui je m'agenouillai à la manière d'un bouffon russe et que je priai de m'excuser. Elle eut la bonté de rire, de me retenir et de m'offrir de passer la nuit dans un hamac du jardin. Les autres regagnèrent la table ; je m'étendis dans le hamac : le murmure de la conversation m'endormit peu à peu.

XXX

Le lendemain, je ne parus pas à l'auberge. Madame H. et ses filles me gardèrent auprès d'elles. De cette journée je ne revois, souvent tourné vers moi et muet, que le radieux visage de Béatrice. Sans doute étais-je moins amoureux d'elle qu'infiniment troublé par ce que me révélait ce visage : avais-je, de ma vie, regardé vraiment un visage de femme ? Et la beauté que j'avais pu trouver à ceux que j'avais frôlés, n'était-elle pas constituée des seules qualités du corps féminin ? La beauté de Béatrice, on l'eût, ce soir-là, dite émanée de l'intérieur, comme si sa figure, à tout moment, naissait d'un précaire équilibre entre le jour et la nuit, qui la faisait accéder à l'innocence. Je n'ai pas la faiblesse de croire qu'elle trouvait dans mon visage une pareille innocence ; néanmoins, son sourire et le grand sérieux du regard qu'elle posait sur moi pouvaient me le laisser croire — et je lui en étais reconnaissant.

Le soir ramena l'étudiant pour un repas auquel, cette fois, je pus tenir ma place jusqu'au bout. La conversation prit un tour plus grave. Je parlais peu, regardais davantage Béatrice dont les yeux croisaient parfois les miens. Il fut, enfin, question de l'ennui, des divers moyens de le tromper. Tous avançaient des théories vaguement hédonistes. Je me taisais ; on insista pour connaître mon opinion : je n'en avais pas ; je le dis : on ne me crut pas. J'expliquai alors que, pour moi, l'ennui n'existait pas, que je ne croyais qu'à l'attente et à la patience qu'elle suscite, et que j'étais moi-même pris dans le mouvement d'une attente qui me conduisait parfois à des accès de jubilation douloureuse. Ma voix se perdait dans un murmure. On hésitait à me regarder.

— Mais qu'attendez-vous, à la fin !

C'était Béatrice qui avait crié, rouge de colère et, peut-être, en proie à la détresse. Je me levai, incapable de soutenir le bleu de ces yeux devant lesquels je n'étais plus qu'un enfant coupable. L'étudiant trouva bon de rire et de me comparer à je ne sais plus quel lunaire héros de théâtre. Il fut le seul à rire. Je n'avais rien à ajouter. Je saluai mes hôtes, me penchai ridiculement sur la main de Madame H., que mon air égaré ne trompa point, et sortis dans la nuit, un peu ivre, ravalant de soudaines larmes. Il me semblait que j'étais perdu, seul au monde, inexplicablement. Je renversai la tête vers le ciel, trouvai dans ce geste un peu de paix. J'entendis des pas précipités ; je n'y prêtai nulle attention, pensant que c'était l'étudiant qui me rattrapait. Béatrice fut bientôt à ma hauteur, et marcha avec moi sans rien dire jusqu'à la route. Je m'arrêtai, la regardai. Elle me dit soudain de m'éloigner vite, me repoussant des deux bras en se cachant le visage. Je continuai à la regarder, étonné, croyant à je ne sais quel subterfuge destiné à m'empêcher de sentir quelque odeur mauvaise de son corps. Elle parut se résigner et murmura qu'il fallait se quitter là.

— Nous n'attendons pas la même chose...

Je ne répondis pas tout de suite. Je me mis à pleurer, dis que je n'en savais rien, que je ne savais plus où j'en étais, que c'était là la raison de mes larmes.

— Ça, je ne veux pas le savoir, dit-elle d'une voix très douce, tout en me prenant par la nuque; elle approcha son visage du mien, ouvrit des yeux immenses, quasi terrifiés, puis appuya ses lèvres sur les miennes avant de s'en aller en courant.

XXXI

La haine me revint : une haine qui m'offusquait le monde à mesure que le soleil montait, me rendant d'une lucidité sans scrupule et menaçant de faire de moi sa proie. Je ne m'aperçus pas qu'elle n'était qu'un défaut de l'amour — son échec extravagant et triomphal — et qu'était relancé en moi le contrepoint d'une voix restée longtemps silencieuse. Ce chant, je le crus, pendant des heures éblouies, suscité par l'amour de Béatrice, à qui j'eus la faiblesse d'écrire une lettre pleine d'une respectueuse tendresse (je n'imaginais pas qu'on pût s'adresser autrement à cette Vierge de Memling). Il était tôt, et l'auberge à peu près déserte. Ma lettre achevée, glissée dans le courrier, je demeurai longtemps face au rectangle de ciel que découpait l'entrée. Je comprenais peu à peu à qui était dédié ce chant ; s'il ne me délivrait pas encore de l'attente, il était lié à elle, et me disait la nécessité de mon exil à Ibiza. Cette mélopée intérieure avait marqué tous les moments décisifs ou précieux de notre jeune vie ; et l'écoutant, c'était comme la voix obscure de mon frère que je sentais se déployer en moi, avec la mienne qui lui répondait en un contrepoint où la voix humaine retrouvait son grain silencieux.

Soudain Irina fut devant moi, toute en noir, les cheveux tirés et recouverts d'un chapeau sombre, le visage à la fois fermé et frémissant. Ce que j'avais à apprendre, sa présence me le signifiait assez. Elle s'assit. Ma haine tomba, comme le vent ou comme un vêtement de femme qui se dénude. J'étais reconnaissant à Irina d'être là, de venir mettre fin à l'attente — à ce que je croyais être l'attente, laquelle m'avait permis de ne point sombrer. Nous fûmes longtemps avant de pouvoir parler. Nous nous regardions avidement, puis nous tournions ensemble vers l'entrée, vers la blancheur d'un mur, le gris-vert des oliviers, le bleu cru du ciel. La présence d'Irina effaroucha mes amies qui ne s'approchèrent pas de l'étrange couple que nous formions, tous deux pâles et vêtus de noir, partageant un silence sans fin. Mes premiers mots, je les prononçai d'une voix claire, vers midi, pour savoir comment Antoine était mort. Nul ne pouvait le dire avec certitude : on avait retrouvé son bateau, fracassé sur des récifs, près de Scyros ; il se pouvait aussi qu'Antoine, après avoir attaché l'ancre à ses pieds, se soit laissé glisser vers les profondeurs. Irina me parla de lettres désabusées — les dernières qu'elle eût reçues de lui. J'aimai que, malgré sa douleur, elle admît avec moi la plausibilité du suicide — duquel je ne pouvais douter et qui m'apportait une sorte de paix qu'Irina m'avoua partager : se rendre à l'inexplicable, à l'effroi de l'irrémédiable, n'était-ce pas, encore, demeurer au plus près d'Antoine ?

XXXII

Il était trop tard pour regagner à pied Santa Eulalia et espérer y trouver une chambre d'hôtel. Irina accepta de dormir chez Gérard, sur une natte, entre Pauline et Margrit. Elle aima ces petites bâtisses blanches et nues où elle trouvait une fraîcheur de tombeau antique. Je ne parvenais pas à m'endormir. Allongé au milieu de la cour, je contemplais les astres, et pensais à mon frère. Sa mort ne m'étonnait guère, même si je n'avais cessé d'en redouter confusément l'imminence et que ce fût pour l'apprendre, je m'en rendais compte, que j'étais venu dans l'île. La nuit me ramenait lentement dans le temps ; avec l'aube je regagnerais le mouvement, retrouverais l'éclat du plein jour, me livrerais au tumulte du monde. J'eus la naïveté de vouloir y échapper ; je me dénudai, soulevai le couvercle en bois de la citerne et me laissai couler dans l'eau noire, une grosse pierre dans chaque main : c'est à peine si je pus m'allonger au fond : malgré moi je remontais à la surface, vers l'orifice laiteux, hurlant, suffoquant, bientôt quasi évanoui.

Le bruit réveilla les trois femmes ; elles me tirèrent de l'eau, m'allongèrent près du feu qu'elles ranimèrent. Margrit, agenouillée derrière moi, avait posé ma tête sur ses cuisses et me caressait le visage ; Pauline et Irina m'essuyaient le corps ; toutes trois murmuraient dans leurs langues natales des paroles que je ne comprenais pas, mais que j'écoutais comme des prières enfantines. Assis sur le pas de leur porte, Gérard et sa compagne nous regardaient sans comprendre ; la jeune femme (à qui je devais d'avoir, une seule fois, répandu ma semence dans l'île) chuchota que je ressemblais au Sauveur entouré des Saintes Femmes. Gérard ricana ; mais elle, très pieuse, et qui me croyait mort, se signa et se mit à pleurer ; ces pleurs me gagnèrent et me sauvèrent, peut-être, en ceci qu'ils me délivrèrent soudain de moi, entraînant de salutaires soubresauts de tout mon corps. Je finis par m'endormir entre les bras des jeunes femmes que l'aube découvrit, toujours murmurantes et graves, à demi nues, autour d'un corps si maigre que les veines affleuraient sur la peau : le simple fait de le toucher, me dirait plus tard Irina, faisait craindre d'y ouvrir des plaies.

XXXIII

Je préférai ne pas quitter l'île en compagnie d'Irina. Quand nous nous séparâmes, le surlendemain, à Ibiza, je me penchai vers elle : elle avança la tête et posa doucement ses lèvres sur les miennes ; je la regardai un instant et lui dis, d'une voix claire (encore que j'eusse été bien en peine de justifier mes mots et que ce ne fût sans doute là qu'une façon maladroite de lui marquer ma reconnaissance) qu'elle pourrait désormais m'aimer. Elle sourit et s'en alla sans un mot. J'ignorais pourquoi je ne l'accompagnais pas : mon temps à Ibiza était révolu. Depuis quelques jours, un étrange personnage était apparu à San Carlos, qui exerçait sur quelques-uns une réelle fascination. C'était un homme d'environ trente-cinq ans, à qui des joues creuses, des cheveux ras et un regard très clair donnaient un air d'ascète. Jacques prétendait n'être rien : il se montrait tel qu'il était — soit un homme au corps bien fait, lisse et brun ; ses gestes s'accordaient à merveille à ses paroles qui tiraient de leur grande douceur toute leur force : on ne pouvait que l'écouter ou bien quitter le lieu où il se trouvait. Il m'apparaît aujourd'hui tel une sorte de sage, adepte fervent du zen — ce qu'il n'avouait d'ailleurs pas. Il avait appris, de Kitty ou d'une autre (car il régnait à présent sur les esprits et, peut-être, les corps), ce qui m'était arrivé. Je ne songeai pas même à lui résister. Je ne l'admirais pas, mais j'aimais son regard, le ton de sa voix, sa poitrine musclée. Je m'en remis à lui. C'était peut-être à cause de lui que je n'avais pas accompagné Irina. Nous eûmes des conversations sans fin, loin de l'auberge, sous des arbres, fumant des pipes de kif et buvant de l'eau à une gargoulette de terre. Je n'ai pas gardé mémoire de ses paroles (sauf ce qu'il disait de la nécessité de rester chaste ou, en temps de détresse, de posséder une femme différente chaque jour) ; c'était d'ailleurs son but que de se faire oublier lorsqu'il parlait et estimait avoir touché son interlocuteur : il appelait cela « s'abîmer dans l'autre ». Son visage était alors empreint d'une paix que je n'ai retrouvée sur nul autre — et ses gestes d'une incomparable légèreté.

Je devais partir deux jours plus tard. Jacques me dit que je ne pouvais m'en aller ainsi, qu'il y avait en moi encore trop de tumulte ; et il me parla de l'île voisine, Formentera, de ses plages désertes et de son rocher haut : il m'offrit de m'y accompagner pour m'aider à surmonter ce qu'il appelait, mystérieux, les dernières épreuves ; sur mon refus, il me dit qu'au moins je devais me purifier, faire le vide en moi, passer toute une journée et une nuit seul, au sommet d'une colline, sans boire ni manger. Ce conseil, ou plutôt cette injonction, m'irrita : j'y voyais une religiosité de pacotille (j'avais pourtant confiance en cet homme pour avoir vu entre ses mains un livre de Jean de la Croix, dont j'aimais l'œuvre). Je rappelai à Jacques que plusieurs jeunes gens, ici même, étaient tombés d'insolation ou devenus aveugles à force de s'abîmer au soleil dans de telles contemplations ; il sourit, me rappela qu'il s'agissait de drogués et me demanda de quoi j'avais peur. Je n'avais rien à répliquer. Au sommet de la plus haute colline, assis en tailleur sous un pin, face au soleil dont je suivis le mouvement, je souffris atrocement de la chaleur, me débattis, me trouvai ridicule. Jamais l'idée d'une sagesse ne m'avait paru à ce point dérisoire, et impropre à ma condition. Je mis cependant un point d'honneur à demeurer immobile, mes mains reposant paumes ouvertes sur mes genoux, tout le temps indiqué par Jacques, sans même prendre la peine de me lever pour pisser. Peu à peu s'estompa le visage de cet homme, pour laisser place à ceux des femmes que j'avais connues et dans chacun desquels il me semblait retrouver, fugitivement, quelque chose de celui de mon frère. La nuit, alors que mes yeux qui avaient accompagné la disparition lente du soleil derrière les collines me brûlaient et m'empêchaient de rien distinguer, je vis se dessiner en moi, les paupières baissées, les lèvres plissées par un léger sourire, le visage d'Antoine.

XXXIV

Je partis à l'aube, sans rencontrer personne, gagnai Santa Eulalia en traînant à terre une valise que j'étais à présent trop faible pour porter. La tête me tournait. J'allai attendre le car dans une église : un prêtre y célébrait la première messe pour quelques vieillards aux voix desquels le protestant que je suis mêla sans hésiter des mots de reconnaissance.

À Ibiza, je retrouvai l'étudiant breton, qui revenait de l'aéroport. J'avais oublié que nous voyagerions ensemble et qu'il avait pour cela emprunté à Madame H. de quoi payer son retour à Barcelone. Il s'empara de ma valise, me fit asseoir à une terrasse de café; nous nous étions trompés de jour : notre avion ne décollerait que le matin suivant. Nous tuâmes le temps, allongés sur les remparts de la citadelle. Mon compagnon ne cessait pas de parler : je lui répondais à peine, m'attachant à cerner les plus infimes événements, le vol des oiseaux, les gestes d'une porteuse d'eau, ou encore ce rat énorme qui grimpa sur nos bagages : l'étudiant lui jeta des pierres ; le rat nous regarda d'un œil haineux : je crois n'avoir jamais vu, dans aucune face humaine, pareille expression de haine. Vers le soir, nous redescendîmes sur le port, où nous tentâmes de tromper notre faim en finissant les assiettes abandonnées par les touristes aux terrasses des restaurants. Puis nous marchâmes en direction de l'aéroport. Un couple de jeunes Allemands nous arrêta pour nous demander le chemin de San Carlos. Nous nous assîmes en rond, à l'écart de la route, parmi des genévriers poussiéreux. La jeune fille était d'une beauté juvénile, d'une extrême blondeur — soulignée, semblait-il, par l'étrange prénom de Liane. Son compagnon était insignifiant. Liane nous offrit des cigarettes américaines. Je parlai longuement de San Carlos et de l'esprit singulier qui régnait là-bas ; Liane ne me quittait pas des yeux ; elle voulut savoir qui j'étais ; je lui rétorquai sèchement que je n'étais plus rien et lui demandai quelles expériences intérieures elle espérait mener à bien dans l'île ; elle fut si déconcertée qu'elle se leva, prête à me gifler ou à pleurer : ma cruauté n'était pourtant que ma seule façon de lui signifier combien sa beauté m'émouvait. Après un long moment de silence, je me levai et récitai en allemand, très lentement, deux ou trois vers de Rilke que m'avait appris Pauline. Liane se rapprocha de moi et me parla en allemand ; je devinai qu'elle me demandait encore — mais comme si elle se fût parlé à elle-même — qui je pouvais bien être. Je me contentai de sourire. En d'autres circonstances, sans doute, j'aurais renoncé à partir et tout fait pour séduire la jeune fille ; mais elle appartenait déjà au monde que je quittais. Quand nous nous séparâmes, je lui dis qu'elle était belle, saisis sa figure entre mes mains et la baisai au front. Elle me rendit mon baiser, sur la bouche, maladroitement. Je crois l'avoir effrayée un peu.

Nous nous allongeâmes près de la piste d'envol. Le vacarme des avions fut, toute la nuit, insupportable, mais je ne me souciais plus de rien. Un peu avant l'aube, je me levai pour pisser au bord de la piste, regardant sans bouger un gros avion rouler vers moi, tous phares allumés, pour s'envoler. L'étudiant craignait-il que je m'expose davantage ? Il sauta sur moi ; nous roulâmes sur le béton et nous battîmes, sans chercher cependant à nous faire mal, ni à vaincre, mais pour tromper une commune exaspération. La haine avait repris son empire sur moi. Elle ne m'a plus quitté ; c'est à présent un sentiment très pur, qui maintient au plus haut la mémoire d'Antoine, et dissipe la nostalgie, le désir, la tristesse.

Je n'ai plus quitté notre demeure toulousaine. Je vieillis. J'ai aimé, autant que je le pouvais, quelques femmes. L'une d'elles, excédée de ce qu'elle prenait pour de l'indifférence alors que c'était à elle que je devenais indifférent, m'a dit qu'Antoine et moi étions des sortes de jumeaux, et qu'à ce frère mort je continuais de vouer l'unique amour dont je serais jamais capable. Elle ajoutait que je mourrais seul. J'ai cru, sur le moment, à de la jalousie ou à du dépit. Or, elle avait vu juste. Je ne puis vivre sans Antoine. Son souvenir ne me suffit plus, ni le chant qui continue de résonner sourdement en moi. Je ne mettrai pas fin à mes jours. J'attends le moment où les songes m'étreignent. Je dirais bien que j'attends la mort, si ce n'était là une attente sans fin et que la mort est précisément ce que l'on ne peut attendre. Reste que l'attente des songes me donne une patience qui est, plus que la haine ou la chasteté, mon unique vertu. Mes parents sont si âgés qu'ils confondent les prénoms de leurs enfants. La maison est peuplée de rêveurs éveillés, incapables encore de reconnaître dans les nombreux miroirs les signes de leur propre éternité. Jour après jour, nuit après nuit, je m'allonge dans la chambre et regarde mon frère incliner sur moi son visage.

L'écrivain Sirieix

Songez que je suis réellement le protagoniste perpétuel de toutes mes fictions, que j'incarne exactement, au prix de quelles douleurs ! tous les souffrants, tous les saignants, tous les désolés que j'ai tenté de faire vivre en leur supposant mon âme.

LÉON BLOY

(Le Fils de Louis XVI)

I

Je fus longtemps un homme influençable, désœuvré, ignorant. J'ai vécu sans vivre. Mes songes n'ont plus de nuits, ni mes nuits d'aube sûre. Solitaire, je n'aurai jamais été seul. Il m'arrive de m'en plaindre ; je ne suis pourtant pas plus malheureux qu'un autre. D'ailleurs, ne pourrait-on pas renverser la formule et dire que j'ai toujours été seul, malgré mon peu de goût pour la solitude ? Je n'aurai vraiment aimé que la littérature, l'hiver et les paradoxes. La solitude, je m'y résigne de la façon que j'aime les femmes : avec insouciance, paresse, ou par faiblesse. À vrai dire, je me laisse aimer d'elles plus que je ne les aime ; je vais de l'une à l'autre, les étreins comme on s'abandonne, enfant, à la grande pente d'un pré : le corps alors se noue à l'âme, le monde s'éclaircit et le ciel nous est donné en des éblouissements prodigieux. Des femmes, au fond, je ne sais pas grand-chose. On ne connaît leur chair, n'écoute leurs paroles, n'habite leurs regards que pour mieux sentir combien le monde est lointain.

Faisant ce matin réflexion sur mon âge et ne me trouvant pas plus de raisons de vivre que de mettre fin à mes jours, je me suis demandé si ces êtres, qui sont notre dernier mystère, n'auront pas été l'unique souci de ma vie. Je m'étais levé tôt, avais soigneusement lavé ma figure, mes dents, mes parties sexuelles, ne m'étais pas jugé moins laid que d'ordinaire. J'avais refait mon lit, sur lequel je m'étais allongé, tout habillé, les bras le long du corps, les pieds réunis. Je rêvassais. Ma tête finit par s'incliner vers la fenêtre grise. Il tombait de la neige fondue. J'étais sur le point de me trouver heureux. Je rougis : j'avais songé aux femmes qui m'ont connu et venais de me représenter en amant passionné, capable de m'abandonner et de contempler sans frémir un visage féminin. Je frissonnai, me passai la main sur le front, les joues, le cou. Naïve attente, indifférence, vague mépris : je n'ai jamais rien découvert d'autre sur la figure d'une femme — rien qui me détournât de la répulsion ou me renvoyât, apaisé, à moi-même. Qu'est-ce donc qui m'avait brûlé la figure ? Quel visage venait soudain de s'offrir dans une trop blanche nudité, inacceptable résurgence de nuits d'antan dans la lumière du matin ? Les femmes ne nous dérobent-elles pas le jour et le monde comme autant d'arbres cachant une forêt profonde ? Ne sont-elles pas cette impossible forêt ? Je haussai les épaules. À ce moment le soleil perça et jeta aux vitres un or terni. Je frémissais ; j'étais au bord des larmes mais, pour un empire, je n'aurais bougé : j'avais cessé de me mentir, d'évoquer fantômes et regrets pour embrasser (privilège de ceux dont nul n'a eu pitié et qui n'attendent pardon de personne, pensai-je avec complaisance) la pure et exclusive et secrète perspective de mon existence — tout entière vouée à la littérature.

II

Je suis né en hiver. J'ai la faiblesse de voir dans cette circonstance anodine non seulement une chance, mais la raison de mes goûts et de mes actes. Ma ville natale ne se distingue guère des autres petites villes du centre de la France, sinon que les hivers y sont plus longs, plus rudes et plus lents qu'ailleurs. J'eus une enfance sans histoires. Je respecte trop les miens pour considérer que le bonheur de Meymac ne valait pas, mélancolique et éternel, celui de Barbezieux ou de tant de cités de province. Je crois en un seul Dieu et à l'influence inaliénable du paysage et du climat sur l'esprit et le corps : plus que le mélange séculaire des sangs, c'est le ciel cru et l'ardoise, le granit, les brumes d'automne, les étés chauds où l'on se croit plus près des astres, la rudesse des voix et la douceur déjà méridionale de l'accent, qui m'ont donné l'âme grise, des yeux bleu pâle, des pommettes rougeaudes qui font ressortir la blancheur de ma figure, une nonchalance mêlée de brusquerie, un souci d'honnêteté, de rigueur, de résignation.

Chez nous, sur ce haut plateau nu où naissent les rivières et où s'affrontent les vents, il n'est pas rare qu'un même visage offre l'impression d'une forte santé en même temps que celle d'une fin de race que n'expliquent pas seulement l'alcoolisme, la consanguinité ou les traces d'immémoriales invasions. De cette barbarie pacifiée par les siècles, je tirai, dès l'adolescence, un orgueil secret, irrépressible : il me semblait que le destin de toute famille — et particulièrement de la nôtre — était d'effacer, de génération en génération, les traces de mélanges impurs, de fautes, de défaites, afin de présenter au monde les figures ultimes et glorieuses d'une nouvelle espèce. Dieu sait si, pourtant, avec mes cheveux presque noirs et bouclés, mes yeux trop clairs, mon visage étroit et mes lèvres épaisses, je passais pour laid. Je n'en disconvenais pas, trouvant même dans ma laideur une sorte de paix : un prétexte pour ne point me soucier, au contraire de mes condisciples du lycée Ventadour, des interminables travaux amoureux : je leur préférais les récits d'aventures coloniales, les travaux de la guerre. L'opprobre des défaites, les expiations, les souffrances anonymes me causaient autant de plaisir que l'éclat des victoires ; je n'avais pas dix ans que j'étais, naïvement, sensible à la respiration douloureuse de l'Histoire. L'été, dans notre ferme du Pouget, dans la commune de Siom, j'aimais me dénuder le torse, le charger de chaînes qui servaient à attacher les vaches, et j'avançais en pleurant silencieusement, cependant ivre de fierté dans la pénombre poussiéreuse d'une grange, la tête renversée vers le ciel comme un captif gaulois dans un triomphe impérial. Près des eaux mortes, allongé dans les ajoncs, je rêvassais à de hauts faits, à des chevelures beurrées, au frémissement de l'acier. Je me récitais des pages héroïques qui me tiraient des soupirs de satisfaction. J'allais souvent dans la lande, sur le haut plateau, et me tenais debout dans le grand vent que je laissais s'engouffrer avec délices dans ma bouche, jusqu'à ce que le vertige me fît ployer le corps et tomber à genoux.

Élevé sans dureté ni mollesse par un père négociant en bois et une mère qui aimait, exclusivement, sa famille, l'algèbre et la musique de Rossini (elle lui donnait ses seuls moments de gaieté), je ne différais guère — et n'entendais pas qu'il en fût autrement — des rejetons de la bourgeoisie traditionnelle. Très tôt, j'entendis me satisfaire de ma condition d'enfant unique dont la seule passion était la lecture. Élève médiocre et discipliné, je ne vivais que pour les moments où je retrouvais, le soir, la paix des livres sous la lampe. Qu'il fît beau ou mauvais, mes journées me semblaient une succession maussade d'heures lentes ; je me devais, tel les héros que j'admirais, d'être héroïque : je n'étais que stoïque, petitement ; je m'attachais à ne faire jamais paraître, dans la journée, le moindre signe d'ennui ; mais la nuit, je m'abandonnais avec ivresse à l'effroi que me causait (car je ne pouvais m'empêcher de me les représenter dans leur dernier sommeil) le visage des héros morts. Les autres, je ne les voyais pour ainsi dire pas : c'est à peine si, élèves, maîtres, serviteurs, anonymes passants ou gens de connaissance, j'étais capable de remarquer leur présence. Ma douceur et ma grande politesse sauvaient les apparences, encore qu'elles exaspérassent certains, qui voyaient là hauteur et hypocrisie. Ce mélange d'humilité et de morgue, qu'on avait toléré dans un enfant, devint insupportable chez un adolescent. La vie, pour reprendre une expression de mon père qu'irritaient mes airs d'ange exilé, se chargerait de me faire mordre la poussière.

III

Je n'avais jusque-là pas eu de visage (la triste figure incertaine et impersonnelle que je découvrais dans le miroir ne m'appartenait pas vraiment : possède-t-on des nuages ?). Mon visage me fut donné par un de ces hommes étranges qu'employait mon père dans sa scierie. L'un de mes grands plaisirs était d'observer les hommes au travail, particulièrement ceux qui s'occupaient à des tâches méthodiques : l'écorçage, le découpage des billes de bois en planches, leur prompt et rigoureux entassement sur des palettes, tout cela me procurait une satisfaction comparable à celle qu'on trouve aux architectures savantes, à l'assemblage des mots, à la reconstitution de vies illustres, aux collections d'images pieuses. Il se peut que, très jeune, j'aie regardé le monde moins pour ce qu'il a de beau (cette beauté, je le saurais bientôt, seuls les livres me la rendraient sensible, m'en donneraient la paisible nostalgie) que pour l'ordre, caché ou manifeste, qui le régit : ordre que je ne chercherais pas à mettre en cause, préférant sa légitimité séculaire et sa lente décomposition à toute transformation violente qui me fit renoncer aux valeurs dont je n'étais pourtant qu'un bien piètre héritier. J'appartenais déjà aux crépuscules ; et déjà je me disais, avec une vanité qui m'empourprait le front, que je mourrais seul.

L'ouvrier était un homme grand et maigre, à la mine sombre, méditative. Il s'approcha lentement du haut tas de madriers sur lequel j'étais perché. Il s'accroupit et, tout le temps qu'il déféqua, ne me quitta pas des yeux. Il poussait en souriant de petits cris d'aise. Si je ne détournai pas mon regard, je ne lui rendis pas son sourire ; non que je fusse choqué : les fermiers de mon père n'agissaient pas autrement ; mais je n'aimais pas sourire (j'irai même jusqu'à dire que, timide et fier, je ne savais pas sourire).

Je devinais que l'homme n'en avait pas fini. Il s'était tourné face à moi et ne faisait rien pour dissimuler sa courte verge rougeâtre dressée vers moi. Il me parlait en arabe, avec des mouvements dodelinants de la tête. Je ne bougeais pas : le moindre geste, le moindre mot eussent été un signe de reddition à cet homme dont je ne comprenais ni le langage ni les desseins. Mon apparente indifférence l'exaspéra-t-elle ? Son visage se crispa, puis sembla se défaire sous le coup d'une vive douleur : renversé dans le soleil de la fin d'après-midi, la bouche largement ouverte dans laquelle brillait une dent d'or, il hoquetait ; il était si laid et pitoyable qu'il ressemblait à une vieille gardeuse d'oies en train de rire.

Il me regardait à présent avec lassitude et, tout en essuyant sur le bois le liquide laiteux qui coulait de sa verge, il me demanda, dans un mauvais français, si, vu la tête que j'avais, ma mère n'avait pas fauté avec un homme du désert. Je pâlis. L'acte auquel il venait de se livrer m'avait laissé sans réaction, et je lui étais presque reconnaissant de m'avoir révélé le secret répugnant à quoi faisaient chaque matin allusion, pour s'en glorifier, la plupart de mes condisciples ; mais l'injure faite à ma mère me semblait un prix excessif à payer pour cette révélation. Je me levai, voulus crier : entre les grands sapins le ciel blanchit et se mit à tournoyer. Je m'effondrai. Je revins bientôt à moi : l'homme était debout, le pantalon sur les chevilles, au milieu de la cour, entre deux ouvriers qui tenaient des barres de bois dont ils devaient avoir rossé d'importance le coupable puisque celui-ci gardait la tête basse et les mains croisées sur son ventre ; les yeux fermés, il pleurnichait et chantonnait d'une voix rauque un air de son pays. Je me dis aujourd'hui que le chant de l'ouvrier était d'une beauté propre à emporter ma miséricorde ; mais je fus incapable d'ouvrir la bouche, et mon silence le condamna.

Dérogeant à notre habitude de la confession publique, chez nous, à nuit tombée, nous n'évoquâmes pas l'incident. Sans doute sentais-je pour la première fois, impressionné plus que de raison par la pénombre de cette pièce haute et silencieuse et par la gravité de mes parents, de mon oncle, de ma grand-mère et de la bonne Nanette, que tout n'est point dicible, que l'ombre a autant de prix que la lumière, et, surtout, qu'il est des actes dont on ne peut décider s'ils sont justes ou mauvais — si même ils ne sont pas un singulier mélange d'innocence ou, encore, au-delà de toute morale, s'ils ne s'accomplissent pas dans l'espace incertain, voire inhumain, de leur exclusion réciproque. On mesure là l'étendue de mon orgueil, comme de ma naïveté. Ce soir-là, je sus gré à mes parents de ne pas m'avoir poussé à parler ; il se peut cependant que je leur en aie voulu de me faire sentir, en me laissant seul avec moi-même comme s'ils m'eussent chassé doucement du paradis, que je devenais, selon leur expression grave et ironique, un homme : je consentirais bientôt à des souffrances qui ne font point de bruit.

IV

Mon visage, je l'observais souvent dans la glace : en lui arrachant ses masques héroïques ou romanesques, l'ouvrier lui avait donné sa laideur définitive. À cette contemplation je m'attardais sans complaisance ; je me résignais à n'être pas différent des autres ; j'ignorais qu'un visage peut être ouvert ou clos, morne ou frémissant, imprévisible, soumis à des variations dont les lois nous échappent — et qu'enfin être au monde c'est avoir pour visage le ciel.

Dans le même temps, je découvrais que ma mère et mon père avaient eux aussi un visage. Jusque-là, leur existence allait de soi, comme les mystères de la religion, comme l'alternance des saisons. J'ouvris les yeux, tendis l'oreille, ne m'étonnai plus d'être réveillé, la nuit, par les rires trop longs ou aigus de ma mère ; je m'en irritais et concevais de l'humeur, le matin, lorsque je trouvais moins de beauté à cette figure si calme. Quant à mon père, à qui son peu de loquacité donnait un visage de pierre, il fallait qu'il partît pour ses voyages d'affaires pour que j'entendisse sa voix dans le bruit du tonnerre qui tournait au-dessus de ma chambre ; il me semblait que c'était mon père qui me cherchait, et que sa voix assourdissante allait s'abattre sur moi, cloué à mon lit, parmi des trombes d'eau.

Je n'étais plus en paix. Tout allait trop vite. Pourvu d'un visage auquel je prêtais toutes les impudeurs de la nudité, je devais encore apprendre que j'avais un corps. Ce fut Léone qui s'en chargea. Léone était une de ces grandes filles de ferme comme on n'en voit plus guère. Cette enfant de l'Assistance publique avait été autrefois recueillie par nos fermiers du Pouget. Elle passait pour innocente. Comme on ne la marierait pas, on ne lui donnait pas d'âge ; elle n'avait que trente ans. Renfrognée ou attendrie, elle relevait bravement une figure que tout le monde trouvait sans grâce. Moi qui l'avais souvent vue rire, j'aimais ce visage simple et doux, hâlé, aux yeux pâles, cette chevelure courte, toujours en bataille, cette voix claire et déliée. Léone avait une poitrine lourde et, sous un sarrau sombre qu'elle boutonnait jusqu'au cou, une peau très blanche ; elle marchait prestement dans de gros sabots noirs à semelle caoutchoutée. Très franche, pudique et ignorante, elle ne manquait pas de bon sens. Elle m'enseigna le nom des herbes et des arbres et ceux, fantaisistes, de quelques constellations, m'apprit à prévoir le temps qu'il ferait, me montra le coït des animaux. Elle avait pour cela des gestes graves et lents, et toute l'autorité de ceux qui ne savent pas écrire.

Je ne savais rien lui refuser. Cet été-là, elle me

demanda si j'avais déjà vu pisser une femme. La journée de fenaison touchait à sa fin. Assis en tailleur au plus haut d'un pré, nous avions regardé s'éloigner la dernière charrette. De la poussière et des fleurs sèches dansaient avec les insectes dans l'air chaud. Les oiseaux commençaient à se rassembler en piaillant au faîte des vieux arbres. Je ris, bêtement. Léone me regardait avec le plus grand sérieux ; elle me prit la main, la serra fortement, puis souffla :

— Tu ne veux pas voir ?

Je ne m'en souciais pas, mais je la connaissais assez pour savoir que mon refus la plongerait dans une de ses colères de sauvageonne qui m'effrayaient. Je baissai la tête. Léone s'accroupit, souleva sa jupe, me découvrant des jambes serrées dans ce qu'on appelle encore chez nous des bas noirs (de pauvres chaussettes retenues au-dessous du genou par un gros élastique) et des cuisses fortes et très blanches entre lesquelles je vis jaillir, d'une sorte de nid, un jet puissant que dorait la lumière déclinante. Léone riait, me demandait si j'avais jamais rien vu de plus drôle. Je m'efforçais de sourire ; j'étais incapable de desserrer les dents. Elle mit un doigt dans le jet dont la puissance décroissait, l'examina un instant puis se le passa lentement sur les lèvres. Devant ma grimace, elle eut un petit air solennel pour déclarer :

— Ça chasse les fièvres.

Je haussai les épaules. Elle murmura que j'étais bien méchant (elle n'avait pas tort : c'était sa manière de me signifier que j'étais un triste sire, un personnage morose, un animal froid). Elle ne me quittait plus des yeux, à genoux devant moi, avec, sur les lèvres, un sourire un peu triste. La nuit venait ; sans bien savoir pourquoi, je me sentais coupable. L'odeur de Léone — un mélange douceâtre de sueur, de peau saine, d'urine et d'eau de Cologne — me soulevait le cœur. Elle pressa ma tête contre son épaule. Sa blouse était dégrafée ; je sentis sur mes lèvres et ma joue la douceur incomparable d'une peau que le soleil n'avait jamais effleurée. Les yeux fermés, les mains croisées dans mon dos, j'étais sur le point de pleurer. Elle voulut savoir si j'avais été décalotté ; je ne compris pas, ne répondis rien ; mais ces mots mystérieux, un pli de mon pantalon et l'air extraordinairement tendre de ce visage qui s'appuyait sur la nuit suffirent à faire naître en moi un plaisir inconnu auquel se mêla une douleur si aiguë que je criai, effrayé aussi de sentir sur ma cuisse un liquide tiède dont l'écoulement me donnait le vertige. Léone se rembrunit : je faisais bien des manières pour si peu d'affaire. Et remettant sa jupe en ordre, elle m'abandonna dans le pré obscur, frissonnant, hébété, agenouillé à moitié nu comme un gamin qu'on eût fouetté d'orties. La douleur que j'avais ressentie restait si vive que j'oubliai le plaisir qui l'avait précédée : oubli qui, malgré les pollutions nocturnes qui me laissaient au matin le souvenir d'émotions vagues, explique sans doute pourquoi, pendant tant d'années, je n'ai pas cherché à retrouver un plaisir dont je m'indignais qu'il suscitât chez les autres de telles passions.

V

L'injustifiable est-il le privilège des seuls enfants ? Si j'étais un véritable écrivain, à ce moment de ma confession je revendiquerais, non seulement pour cette singulière journée de 1965, mais pour ma vie tout entière, le droit de ne pas justifier certaines actions autrement que par la plus ou moins grande intensité de l'ombre ou de la lumière, ou par la logique des songes. Je sentis, ce matin-là, que l'extraordinaire qualité de la lumière déciderait de ma journée ; c'était le premier matin du printemps ; le jour s'était levé en moi — et non, me sembla-t-il, du côté du haut plateau. Cette lumière, en moi si douce et irrésistible comme tout ce qui nous est donné, me tira un sourire qui ne s'effacerait qu'à la nuit. Je revêtis mes plus beaux habits, descendis le grand escalier, ne répondis rien à la bonne Nanette qui desservait la table de la salle à manger, non plus qu'à ma grand-mère, assise sous les noisetiers du jardin.

Je traversai la ville. On se retournait sur moi ; plus tard, on dirait à mes parents que j'avais l'air d'un apôtre sur les chemins de l'Asie Mineure : mon sourire désarmait autant qu'il intriguait, et nul ne cherchait à savoir où j'allais, ni à me retenir. Je ne le savais pas moi-même, ne me le demandais pas ; je descendais du haut plateau en suivant le soleil, si sûr de moi que j'eusse pu avancer les yeux fermés. Il serait prétentieux de dire que j'allais au bout de moi-même : je n'ai pas le goût de l'effort ni des gageures. Tout au plus souhaitais-je atteindre l'extrémité du jour et accompagner dignement la mort de la lumière. J'évitai les chemins trop fréquentés, et ne répondais pas aux gens qui me saluaient, le visage dur, encore plein de nuit. Je buvais à même les rigoles, dans les prés, et, plusieurs fois, à me découvrir allongé sur le ventre, les bras en croix, des paysans s'effrayèrent, et me chassèrent comme un bohémien. Je marchais lentement, et cette lenteur — à condition de ne point tourner la tête ni de regarder derrière moi — m'accordait au monde et à moi-même ; et je ressassais en silence les prières d'une enfance qui s'achevait. Il était impossible de paraître plus idiot et plus innocent — d'une innocence souveraine, radieuse. Dans un hameau, des fillettes très laides me jetèrent des cailloux sans réussir à me mettre en colère ; un chien, dans la cour d'une ferme, m'attrapa les mollets ; je le regardai avec douceur : il me relâcha et me tint compagnie jusqu'au plus proche bourg. Vers midi, je m'arrêtai devant l'église de Saint-Exupéry ; je soutins longuement le regard d'un vieillard en noir, assis sur le seuil, et qui semblait contempler à travers moi l'autre extrémité de la place : je ne savais plus ce qui était transparent, de ce regard aux iris si clairs qu'ils se diluaient dans le blanc nacré des yeux, ou de moi, que la faim et la soif avaient cessé de tourmenter pour me laisser brûler en plein midi dans une ferveur paisible. Je ne désirais peut-être rien d'autre, ce jour-là, que de me défaire de mon ombre. Aussi fuyais-je chemins creux et sous-bois ; l'asphalte seul me rendait mon aplomb.

Le soir venait vite. À bout de forces, le visage brûlé, couvert de poussière, mais plus que jamais tourné vers le soleil qui disparaissait dans une forêt de sapins, de l'autre côté d'un lac, je marchai encore parmi des fougères immenses vers le bord de la falaise qui surplombe la ville de Bort-les-Orgues. J'étais ivre à ce point de ma violente intimité avec moi-même que je ne savais plus si je devais m'arrêter là ou continuer à avancer sans me soucier d'autre chose que de l'embrasement, là-bas, des sapins. Je fis un pas en avant ; mon cœur cessa de battre ; j'entendis derrière moi des hurlements ; j'eus le temps de me retourner et, avant de m'effondrer dans l'herbe déjà humide, je vis courir vers moi ma mère, tandis que mon père me tenait dans ses bras, murmurant qu'il était là, que ce n'était rien, qu'il me fallait m'arrêter là. Je ne voulus jamais savoir comment ils m'avaient retrouvé ; je me contentai de dire que je les aimais et qu'ils me pardonnent. Je m'endormis contre mon père qui pleurait doucement, agenouillé devant le précipice.

VI

— Sirieix, levez-vous.

Mon nom avait retenti dans la salle de classe avec le bruit d'une faux s'abattant dans l'herbe humide : dans la bouche d'autrui, je ne l'entendrais jamais sans avoir la sensation d'être giflé ; et à le prononcer moi-même, je rougissais comme si mon visage était souillé : les noms propres sont une peau irritable, douloureuse, trop fragile. J'avais alors autant de peine à dire le nom de certaines fleurs : il me semblait que je nommais quelque organe génital, et que ma honte dût rejaillir sur mes parents.

J'étais, je le répète, un élève médiocre et docile. J'acquis néanmoins pour mes maîtres un mépris dont je n'avais pas conscience qu'il pût être visible. Ce qu'on nous enseignait en classe de français, par exemple, me paraissait sans commune mesure avec les délices que me donnaient mes lectures ; aussi étais-je distrait et regardais-je par les fenêtres le lent défilé des nuages dans le ciel : j'y trouvais un bonheur que je ne m'expliquais point (je haïssais déjà la psychologie, les jugements d'autrui, les assertions humanistes), mais que confortait la récente découverte des poètes. Lamartine, Hugo et Baudelaire venaient de remplacer Dumas, Dickens, Stevenson et Jules Verne sur ma table de chevet. Je dois avouer que je m'étais mis à écrire : poèmes et narrations brèves que je ressassais, la nuit, en sanglotant; mais je n'écrivais que pour perpétuer l'émotion suscitée par la lecture : ainsi les enfants retrouvent-ils par des cris et des bruits multiples, extravagants, les musiques qui les ravissent.

Je me levai, marchai jusqu'à la chaire près de laquelle j'attendis, la tête droite, les mains croisées devant moi. M. Vergne était un petit quinquagénaire chauve et replet, au visage lumineux. Il aimait par-dessus tout qu'on le trouvât spirituel.

— Vous rêviez, me dit-il.

J'acquiesçai. Je me sentais soudain las. Je voulus retourner à ma place. M. Vergne frappa sur la table. La classe était à présent contre moi; je savais que je ne m'en tirerais pas à bon compte. Dans le fléchissement lent de l'après-midi, on entendit le cri désolé d'un oiseau; je me mis à sourire. Je ne me jugeais coupable de rien; j'avais pourtant la bouche sèche, les traits tendus. M. Vergne tenta de me délivrer en me demandant à quoi je pouvais bien rêver.

— Aux nuages, monsieur, aux nuages...

J'avais dit cela sur un ton très doux, mais la répétition du mot nuages était de trop; elle parut la pire des insolences à la classe, qui eut un ostensible murmure de réprobation ; M. Vergne en tira profit :

— Aux merveilleux nuages, sans doute ? dit-il en souriant.

Je hochai la tête, et lui rendis son sourire. Il sursauta : ainsi, je n'étais pas seulement veule et rêveur, mais insolent ; puisque j'avais tant de goût pour Rimbaud, j'allais avoir tout le loisir de m'en repaître en étude.

— Ce n'est pas un poème de Rimbaud, monsieur, mais de Baudelaire.

M. Vergne se leva, me dit de le regarder bien en face ; je continuais de sourire : il me gifla, se rassit, posa sur son bureau des mains qui tremblaient. Jamais on ne m'avait frappé : après un moment d'étonnement, je sentis poindre en moi de la satisfaction ; mes larmes coulèrent ; je les aimai : elles me sauvaient, me rendaient à moi-même. Le silence haineux des autres, le visage frémissant du professeur, mon attitude de supplicié, tout cela me donnait — à mes seuls yeux, bien sûr — un prestige de martyr ; je songeais confusément à la fin de Charles de Foucauld. Mon humiliation, je devais la mériter davantage, la parfaire ; je tournai mes regards vers le ciel bleu turquoise de novembre en murmurant que je n'avais cependant pas tort, que c'était bien là un poème de Baudelaire, que je n'aimais point la fausseté. Paroles excessives, paroles de timide et de juste, qui firent perdre patience à M. Vergne : celui-ci prononça mon nom de travers, en faisant sonner l'x de l'ultime syllabe alors qu'en Limousin on la prononce ei. La classe hurla de rire, trépigna, reprit avec frénésie ce nom déformé qui lui avait été donné en pâture et qui, dérisoire, me clouait à moi-même.

J'avais quinze ans et venais de découvrir le prix de ma solitude volontaire. Ma position sociale, mes inclinations, mon goût du silence et du retrait, s'ils ne firent pas de moi, à proprement parler, un souffre-douleur (de la douleur j'ignorais tout, ce qui ne m'empêchait pas d'y songer avec l'avidité basse des rêveurs et des pleutres), me valurent le mépris des bons élèves, l'admiration ricanante des cancres, la méfiance des professeurs. On ne m'apostrophait plus que sous le nom de *Siriexe* : syllabes qui sonnaient en moi comme le nom d'un traître, d'un personnage frappé d'opprobre, et que je recevais comme autant de coups avec un sourire résigné.

Nom, visage, corps : enfin ils étaient miens, et j'en tirais une vanité simple qui me tenait lieu de vérité ; ils étaient ma vanité — me disaient tout à la fois mon néant et mon immortalité. Comme tous ceux qui n'ont jamais aimé et n'ont vu s'éteindre personne, je ne croyais pas qu'il fût possible de mourir.

VII

Je ne voyais plus arriver les beaux jours sans une inquiétude qui, avec les années, se muerait en une sorte d'effroi : la tiédeur de l'air, les visages qui s'ouvraient, le ciel d'un bleu fade, me mettaient mal à l'aise, me faisaient rechercher la pénombre des plus profonds greniers ; je ne tolérais le beau temps que dans les romans.

Le printemps de 1968 n'eut rien de remarquable, sinon une chaleur excessive et l'excitation de quelques esprits. Je devenais irritable et sombre. Mon professeur d'histoire m'indiqua avec humeur qu'il ne fallait plus parler d'ouvriers mais de travailleurs. Je lui dis qu'ouvrier était cependant parfaitement correct. La jeune femme blêmit, murmura que j'étais bien un petit crétin de Français. J'étais aussi pâle qu'elle, également indigné. Je lui rétorquai qu'elle était elle aussi française et qu'elle n'avait nul droit de proférer pareilles billevesées, ajoutant que mon père employait des ouvriers, et non des travailleurs. Elle finit par hausser les épaules. Elle me demanda si j'étais fier de moi ; je ne répondis rien. Je sentais naître en moi l'orgueil paradoxal des humiliés, des incompris, de ceux qui ne peuvent être vraiment de leur siècle et qui mourront dans la joie des pauvres.

De ces dernières semaines de cours, je ne retiens qu'un épisode singulier qui acheva — pour user d'une expression un peu grandiloquente — de me révéler à moi-même ; je ne me sentais pourtant pas ce qu'on appelle un individu, vivais trop volontiers en compagnie d'êtres de papier ou de héros défunts, étais persuadé de mon inutilité, songeais sans mélancolie que j'eusse pu ne point exister et que je ne laisserais pas plus de traces qu'une araignée d'eau sur la surface d'un étang. Si je n'avais pas d'amis, je ne pensais pas mériter pour autant les ennemis que mon attitude avait dressés contre moi : je me trouvais les vertus des simples. En juin, nous fûmes à peu près laissés à nous-mêmes. Les plus hardis allaient battre la campagne. Aux heures où je sentais poindre la détresse, je gagnais le fond de la cour et, grimpant sur le toit des cabinets, j'atteignais le faîte d'un petit mur ; je trouvais là le calme nécessaire à la lecture. Les têtes étaient néanmoins trop échauffées pour qu'il me fût loisible de lire. Je finis par recevoir des volées de cailloux ; je voulus me protéger le visage : mon livre m'échappa, tomba dans la cour. Un des petits s'en empara aussitôt pour le passer à l'élève Bessou, qui s'enferma dans les cabinets, d'où il ne tarda guère à ressortir, tenant devant lui le livre abominablement souillé. Je me précipitai à terre, poussai un cri d'une sauvagerie à la mesure de la douleur que me causait ma cheville tordue. Je tombai sur les genoux, me relevai, m'avançai en boitillant et en grimaçant vers l'élève Bessou qui me tendait mon livre avec un sourire d'étonnement. Je le poussai violemment ; il tomba ; je tombai avec lui. Nous roulâmes dans la poussière. Nous nous étreignions avec une sorte de désespoir, râlions, cherchions à saisir nos regards autant que nos corps. Il se passa ceci d'extraordinaire qu'au moment où j'eusse pu prendre le dessus, je devins indifférent à notre lutte et laissai mon adversaire s'allonger sur moi, appuyer l'avant-bras sur ma gorge et m'attraper les testicules. Bessou eut un bref soupir de triomphe ; sa tête était tout près de la mienne ; je voyais battre les veines de ses tempes ; des gouttes de sueur me tombaient dans la bouche. Tout eût pu cesser là : la condition de vaincu ne me déplaisait point. Mais je renversai la tête et aperçus mon livre. Je me revois repoussant vivement Bessou, lui prenant à pleines dents la chair du cou que j'entaillai si profond qu'il se redressa en hurlant, tandis que je me relevais, la bouche sanglante, titubant et hurlant moi aussi, aveuglé par les larmes que me tirait une joie immense — une joie sans commune mesure avec celles qu'il me serait donné d'éprouver par la suite et dont rien ne peut donner l'idée sinon, peut-être, l'insupportable extase des femmes, la jubilation d'un enfant devant le visage heureux de sa mère, ou bien le rêve de choir irrésistiblement dans le bleu du ciel.

VIII

À l'automne, j'étais pensionnaire à l'institut Bourdessoule, dans la ville de Tulle. Les trois années que je demeurai dans cette vaste bâtisse arrimée à flanc de vallée comptent parmi les plus heureuses de ma vie : comment n'aurais-je pas aimé ces longs corridors blancs, le réfectoire bruissant de murmures, la paix grisâtre des dortoirs, les promenades sous les vieux tilleuls moussus, l'embrasement vespéral des vitraux de la chapelle, la rumeur proche de la ville ? M. Bourdessoule était un homme d'une extrême douceur, quoique inflexible ; il cultivait avec Louis Bourdaloue une ressemblance plus que patronymique : il parlait souvent les yeux fermés, les mains jointes devant lui, en souriant ; il faisait des cuirs volontaires dont il guettait l'effet sur nos visages d'un air gourmand ; il disait n'avoir de compte à rendre, après Dieu, qu'à la grammaire. Il avait longtemps dirigé une école française au Proche-Orient. D'un établissement religieux, son institut avait la discipline et la luminosité calme. La lenteur et le silence y étaient, au même titre que la mémoire et la domination du corps, des exercices majeurs. De jeunes maîtres au visage brûlé par le soleil d'Orient étaient nos tuteurs ; nous les appelions respectueusement par leur prénom que nous faisions précéder de monsieur. Façonner nos esprits à l'image d'un champ de vignes bourguignon, telle était la comparaison un peu précieuse dont usait M. Bourdessoule pour résumer ses principes pédagogiques. J'avais, prétendit mon père en me présentant à M. Étienne, mon tuteur, l'esprit plutôt sombre ; M. Étienne promit de l'éclairer ; le fait est qu'il l'éblouit.

Mon admiration, je ne l'avais jusque-là donnée qu'à des personnages de romans, des guerriers ou des saints ; je la vouai sans réserve à cet homme encore jeune, au beau visage nerveux et attentif, dont l'unique souci était le frémissement des âmes. Il aimait l'enseignement comme on aime la religion : il avait, très aigu, le sens de l'ordre et de l'émerveillement. Mon nom, qu'il qualifiait de solaire, éveillait en lui le souvenir des monts enneigés du Liban, des plaines de la Syrie du Nord, de palais en ruine dans les sables, d'antiques villes mortes, de jardins sur l'Oronte, des rives bruissantes de l'Euphrate. Il me montra la poésie des noms propres.

— Ne trouvez-vous pas, me disait-il, que Nerval est incomparablement plus beau que Labrunie ? Labrunie ! On dirait le nom d'un marchand de vins... Et Villiers de L'Isle-Adam : ce nom-là résume la grande lumière française.

Il ramena mon amour de la littérature à son véritable principe : l'amoureux respect de la langue, et me fit pénétrer tant bien que mal dans les souterrains latins et grecs. Cet amour supposait une étude perpétuelle, une sensibilité presque douloureuse, une humilité à laquelle j'étais naturellement disposé. Il combattit ce qu'il nommait mon chauvinisme : ce fut pour mieux asseoir un légitime orgueil national. J'écrivais alors des poèmes en prose inspirés d'Aloysius Bertrand et de Baudelaire ; il refusa de les lire, mais m'enjoignit de les conserver : il était bon, selon lui, de garder trace de ses faiblesses, voire de sa bêtise. Écrire n'était à ses yeux pas plus nécessaire que la pêche à la ligne, le bilboquet ou la découverte de l'Amérique.

Je connus, bien sûr, des moments de détresse : je m'abandonnais alors à la prière, jeûnais, faisais silence jusqu'à sentir poindre en moi non les lumières de l'Église Éternelle, mais une joie qui m'en semblait la promesse et qui me faisait défaillir. Les cours d'histoire religieuse m'intéressèrent plus que l'étude obligée de ceux que nous appelions les ennemis et qui étaient alors Gide, Sartre et Camus. La troisième année, j'eus la naïveté de parler d'entrer au séminaire. M. Étienne me dit, avec un sourire de miséricorde, que je n'étais pas un homme d'action, c'est-à-dire qu'il ne sentait point en moi l'âpre et opiniâtre capacité d'amour que demande l'effort inlassable vers Dieu. Il sut me convaincre qu'en croyant, comme je le disais, m'initier à Dieu, je ne m'étais ouvert qu'à une idée toute métaphorique de l'infini et que la religiosité — un des vices capitaux de notre temps — l'emportait chez moi sur la foi nue : manière ferme de me signifier que je n'avais pas de vocation. J'étais sur le point de sangloter; je lui demandai en bégayant ce que j'allais devenir. Son visage se ferma; ce fut sans aménité qu'il me répondit :

— Nous ne vous avons pas enseigné à vous montrer si pitoyable...

Et après un long silence, pendant lequel je me ressaisis un peu :

— Vous vous souviendrez que vous avez un nom magnifique : sachez le mériter, ne point vous laisser aveugler par lui, ni par rien d'autre.

Paroles trop énigmatiques — trop belles aussi, et que dans toute autre bouche j'eusse trouvées sarcastiques — pour que je les comprisse sur-le-champ. Mon désarroi était à son comble. M. Étienne me laissa longtemps à ma rumination avant d'ajouter qu'il me faudrait désormais être moi-même avec discernement, que j'avais pour cela assez d'ingénuité, mais aussi une rigueur et une sensibilité qui me permettraient de devenir, par exemple, un écrivain ou un professeur. Je criai qu'il se moquait, qu'il voulait m'offenser; j'étais hors de moi; je demandai grâce. Il posa alors sur moi son regard bleu et calme.

— Vous vous croyez désespéré, dit-il lentement. Vous saviez pourtant que tout ceci (et il désigna d'un geste large les bâtiments, les bibliothèques qui nous entouraient, puis sa propre poitrine) aurait une fin et qu'il vous faudrait en vous seul chercher la lumière.

Je relevai la tête avec l'intention de puiser une dernière fois dans ce regard force et droiture. Mais il y avait trop de pathos dans cette scène; M. Étienne, agacé, se leva, ouvrit les vitres d'une bibliothèque dans laquelle il prit deux volumes qu'il me tendit en me demandant de ne jamais m'en séparer; je reconnus les deux tomes à couverture de carton bleu pâle et au dos de toile bleu marine de Marcel Braunschvig : *Notre littérature étudiée dans les textes*, manuel qui m'avait accompagné durant ces trois années et que j'avais fini par connaître par cœur, tirant une secrète gloire de la connaissance de noms aussi obscurs que ceux d'Antoine de la Salle, Marc-Antoine Muret, Philippe de Marvix, Henri Testelin ou François Ogier. Je voulus m'agenouiller devant M. Étienne : il me releva prestement, me demandant d'une voix exténuée s'il m'avait jamais habitué à pareilles manières. Je me sentis soudain délivré. À ce moment, il se trouvait à contre-jour : son visage était creusé, rongé par la lumière; il me semblait qu'il me laissait contempler son visage d'agonisant.

IX

Mélancolique, irritable, livré à moi-même, remâchant le mot *déréliction* avec une complaisance qui m'exaspérait, je tentais de m'exténuer en d'interminables marches dans la campagne. À dix-huit ans, j'étais bachelier, vierge et plus innocent que le plus niais des collégiens. Nul visage de femme, entr'aperçu dans les rues de Tulle, ne m'avait, tels mes condisciples, fait imaginer le moindre roman sentimental, encore moins porter les mains à mon bas-ventre. Je voulais croire encore qu'il était possible de se passer du ventre des femmes, de leurs odeurs, de leurs voix.

Les pollutions nocturnes se firent, cet été-là, si fréquentes qu'elles me laissaient, au matin, la sensation d'une fatigue maladive qui menaçait, croyais-je, ma santé. Je m'indignais que nous différions tant des animaux, qu'au contraire d'eux nous fussions la proie de deux fléaux dont le premier n'était au fond que l'avant-goût du second : le plaisir charnel et la certitude de mourir. Je rougissais de porter en cachette à Léone mon linge souillé. Celle-ci m'évitait : depuis mon entrée à l'institut Bourdessoule, elle me considérait — quoi qu'on ait pu lui dire — comme une sorte de prêtre et ne me parlait plus que les yeux baissés. La douceur de son sein me hantait. Il me fallait déchoir, être un homme comme les autres. Je finis, de guerre lasse, mais plein d'une sourde rage à mon endroit, par guetter Léone à sa toilette du soir. Comment trouvai-je le courage de m'approcher de cette femme qui me faisait peur mais pour qui, à cet instant, j'eusse tout renié ? Sa longue chemise de nuit blanche collait par endroits à sa peau humide ; ses cheveux mouillés lui donnaient un air plus buté et soumis que d'ordinaire ; elle me regardait sans me voir. Il me sembla que je mâchais le plâtre des murs. Je tendis des mains d'aveugle vers des seins dont la peau était si douce et si fine que j'y voyais frémir de petites veines bleutées. Interdite, la tête détournée, Léone se laissa d'abord faire ; puis elle me repoussa contre le mur en me suppliant de m'en aller ; elle pleurnichait, marmonnait que ce n'était pas bien, que nous serions punis. Je gémis ; je la plantai là et courus dans la nuit, les yeux fermés, à travers champs : les éteules me déchiraient les mollets. Je tombai ; je voyais les étoiles errer dans le ciel, la tête me tournait, j'avais le cœur serré. Puis je me mis à sangloter : je venais de trouver la formule salvatrice, si souvent rencontrée dans les livres et que j'avais toujours regretté, sans bien la comprendre, de ne pouvoir faire mienne : j'étais tourmenté par la chair. Rien n'eût pu me réjouir davantage.

Je voulus m'éprouver. À la fête de Siom, parmi de jeunes paysans dont m'avait rapproché mon désarroi, je bavardai sans retenue, m'efforçai de sourire, posai la main sur l'épaule d'une très jeune fille qui s'ébroua aussitôt et s'éloigna, les lèvres pincées : à l'entendre, je sentais le séminaire et le cafard. Je traversai en silence la foule heureuse; j'étais moi-même près de me sentir heureux, délivré. C'était une de ces nuits d'été si claires que la campagne semble renoncer à ses mystères nocturnes. Je regardai, au loin, dans une combe, autour d'un grand feu pareil à ceux de la Saint-Jean, des hommes et des femmes qui dansaient pour célébrer la fin des moissons, et je me disais que tout était possible sous un tel ciel. Je marchais lentement; je me souviens que je fredonnais l'ouverture de *l'Échelle de soie.* On me suivait; je ne m'en souciai pas et ne me retournai qu'au moment de m'engager dans l'allée de châtaigniers qui mène à notre ferme. Je reconnus la plus jeune fille d'un ouvrier saisonnier que les travaux d'été ramenaient chaque année chez nous. Très brune, petite, maigre et sans grande grâce, un peu boiteuse, vive pourtant, Ana ressemblait à une collégienne sans gloire autant qu'à une femme mûre. Elle se tint un instant sur un pied, puis sur l'autre, et me dit que ses chaussures trop hautes la blessaient. Son sourire, d'habitude niais comme celui des êtres timides ou meurtris, avait quelque chose de résigné et d'arrogant. Elle me prit la main, chuchotant qu'elle ne trouvait pas, elle, que je sentisse le séminaire et que, d'ailleurs, elle ignorait ce que ça voulait dire. Je souris. Nous allâmes nous asseoir au milieu des genêts. Elle babillait avec de petits rires qui me faisaient frissonner, qui m'irritaient. Enfin elle se renversa, approcha ma tête de sa poitrine : il me fallut téter, selon son désir, avec un appétit d'enfant, ses seins qui n'étaient guère plus gros que des nèfles. Et elle minaudait, me berçait, me demandait, sans se soucier de la réponse, si c'était bien bon. Elle eut bientôt des gestes impérieux. Je la laissai enfoncer sa langue dans ma bouche ; je transpirais, je fermais les yeux. Elle m'enjoignait de les garder ouverts et de la regarder ; elle se glissa sous moi, et au-dessus de ce petit visage crispé, aux yeux agrandis et bêtes, je connus sans tarder cette secousse qui hante les humains : plus que du plaisir, c'était une délivrance brutale, une sorte de saut au fond de la terre froide, un éblouissement aveugle qui ne me laisserait plus en paix ; je n'aurais de cesse que je ne le retrouve, jour après jour, seul, attendant avec une inquiétude grandissante le très matinal moment qui me rendrait à mes rêveries : rite calme et désespérant que j'accomplissais dans un grenier où l'on faisait sécher, sur d'immenses draps gris, des fleurs de tilleul à l'odeur douceâtre.

Ana me regardait. Son visage serein et soumis, ses airs de petite femme sûre d'elle, ses phrases convenues me devinrent si insupportables que je ne pus m'empêcher de la gifler ; et à la voir sangloter sans comprendre, trouvant dans la colère le courage de mon ignominie, je lui donnai plusieurs coups de poing : la pauvre fille resta sans connaissance. Je m'agenouillai, puisai dans une rigole de l'eau dont je lui baignai les tempes, le front, les jambes. Elle ouvrit les yeux ; son sourire ingénu fut près de me rendre à ma rage. Je pleurai. Ces larmes me sauvèrent. Ana se redressa et me caressa lentement le visage avant de s'éloigner, pieds nus, en boitillant : ses chevilles humides avaient des reflets d'argent sombre.

X

Je retrouvai le goût de prier, lisais moins, rêvais longuement. Il me semblait que j'avais épuisé les prestiges juvéniles de la lecture, que j'avais lu tout ce qui était accessible à un provincial solitaire et borné : ne me suffisait-il pas, déjà, que la littérature existât pour que je me sente presque heureux — en tout cas habité d'une certitude aussi vague que lumineuse, discrètement rayonnante et propre à m'empêcher de sombrer au plus marécageux de moi-même ? Ainsi pouvais-je demeurer des heures entières à contempler le dos des livres de la bibliothèque paternelle, que j'avais plusieurs fois rangée avec un soin jaloux, sans trouver néanmoins un ordre qui me satisfît.

Il en faudrait davantage pour nourrir cette passion du classement dont j'allais bientôt devenir la proie : passion qui, sans avoir rien d'inavouable, garderait quelque chose de si extravagant et de si dérisoire que je la déguiserais longtemps en vocation littéraire. Je m'en ouvris à mon père. Rien en moi qui ne déçût, ne chagrinât cet homme d'ordre, simple et bon; rien, non plus, qu'il pût me reprocher : d'un fils modèle, après tout, j'avais l'apparence et l'âme, et j'aimais mon père. Son intention était que je voyage, m'ouvre l'esprit, visite les cités importantes de l'Europe, avant de rien décider. D'ailleurs, que savais-je faire? C'est alors que je lui dis — rougissant comme si je prononçais là quelque chose d'obscène ou de bête — que je voulais être écrivain (j'avais cependant tout l'aplomb des menteurs acculés : il y avait belle lurette que je n'écrivais plus, sinon le vague journal de mes émotions). Mon père eut ces mots qu'il prononça avec lassitude :

— Pour écrire, il faut avoir beaucoup vécu...

Je ne répondis rien; je comprenais confusément qu'il souffrait de ne point voir en moi son successeur, tout de même que ma mère, descendante d'une lignée de soldats, devait faire son deuil de ma carrière militaire, dont m'avait exempté un conseil de médecins.

J'errai pendant plusieurs semaines dans les hivers et les printemps de l'Europe. Mon père m'avait donné pour mentor un de ses hommes de confiance. Âgé d'environ cinquante ans, long, lumineux, désabusé, Louis Neuveterre me considérait avec une ironie bienveillante. Très cultivé, d'une érudition pointilleuse en matière de littérature religieuse, il prétendait n'aimer plus que la musique et les femmes vénales — qui seules pouvaient apaiser les blessures immémoriales et ne le décevaient pas. Les villes d'Europe m'intéressèrent pour peu que j'y retrouvasse le souvenir d'écrivains que j'admirais. Nous vîmes Bruges en décembre, et les Flandres : j'aimais alors les symbolistes belges, les brumes, les eaux mortes. Nous passâmes le jour de l'an sur les bords du Neckar ; une maladie bénigne me retint toute une semaine dans le Taunus : Neuveterre me lisait à voix haute *le Divan* de Goethe. En Autriche, il s'agenouilla dans la crypte de Saint-Florian, devant le cercueil d'Anton Bruckner. En janvier, nous étions à Rome, sur la tombe de Keats. La lumière blanche de la Grèce en hiver me bouleversa : je reniai sur-le-champ les brouillards, les ambiguïtés, les déliquescences fin de siècle. Nous gagnâmes l'Irlande : près de la tour de Lady Gregory, je trempai mes mains dans l'eau d'une petite rivière. J'abordai l'Angleterre le cœur battant ; j'avais pour sa littérature — l'unique rivale de la nôtre —, un goût qui ne s'est pas démenti ; Haworth et le presbytère des Brontë, que nous vîmes à la mi-février sous un ciel bas et venteux, me combla, raviva pour un temps le douteux désir d'être écrivain ; et je m'imaginais avec ferveur, dans la solitude du Pouget, travaillant pendant des nuits entières à des livres dont les titres nombreux établissaient au cœur de mes nuits une singulière constellation sonore.

Je ne souhaitais point voir l'Espagne ni le Portugal, dont les littératures ne m'avaient jamais intéressé ; mais Neuveterre, féru de Luis de Victoria, d'Isaac Albeniz et de Federico Mompou, m'entraîna au printemps sur les rives de l'Ebre, sur les hauteurs de Galice et en Andalousie où il voulait retrouver l'odeur de jasmin qu'il disait respirer dans la *Rhapsodie espagnole* de Ravel. Je finis par aimer le rauque du castillan, accordé aux jeux subtils de la lumière.

Nous étions deux dévots errants, sceptiques et hallucinés. Neuveterre ne visitait guère de ville qu'il ne se rendît, le soir, dans les rues chaudes. Je l'y suivis d'abord parce qu'il me semblait qu'un écrivain se doit de tout connaître ; j'acquis bientôt le goût quasi exclusif, quoique mesuré, de ces filles à qui j'étais reconnaissant d'apaiser simplement le tourment dont Ana avait été l'initiatrice et avec lequel je vivais, tel Gurnemanz avec sa plaie. Ce goût des filles publiques, je l'ai encore, malgré mes nombreuses et furtives amies : je n'étreins jamais une putain sans avoir l'impression de me laisser couler dans l'eau laiteuse d'un lavoir de campagne et d'être rendu à une quiétude enfantine. Il m'arrivait d'en pleurer de bonheur. Neuveterre voyait là une sorte de grâce ; je ne le comprenais pas ; je le regardais avec agacement.

— Vous ne saurez jamais ce que c'est que la beauté, poursuivait-il, railleur ; vous êtes bien de ceux que la grâce effleure : vous avez des illuminations d'aveugle ou d'enfant...

Nous rentrâmes en France par Orthez : j'y cherchai les traces de Francis Jammes que j'avais tant aimé à quinze ans. Près de ses montagnes bleues, j'eus un éblouissement : je crus sentir que le poète me chuchotait des vers à l'oreille et que sa voix tout à la fois chaude et fluette m'inclinait doucement vers la terre. Si le clinquant de la maison de Loti, à Rochefort, me déçut, les alentours de Malagar, bourdonnants d'insectes et d'oiseaux, me ravirent et, plus encore, certaines étendues désertes et mélancoliques, près de La Rochelle : j'y retrouvais les paysages, l'esprit de *Dominique*. À Combourg, à Saché, à Senlis, à Croisset, à Vézelay, je délirais presque de bonheur, sous l'œil narquois de Neuveterre qui soutenait que j'étais plus niais que le dernier des romantiques et qu'on devrait interdire les romans, à l'exception de ceux de Chrétien de Troyes, de La Calprenède et de Balzac — notre seul génie politique, selon lui, et qu'il admirait en outre de n'avoir pas été un moraliste. Je l'approuvais en souriant : fort d'obscures certitudes, ne me souciant pas d'autrui non plus que de ma petite personne, je n'avais point de morale : je vivais à tâtons dans l'infini livresque.

XI

Le monde, à mon retour, me restait une énigme. Ai-je besoin d'ajouter que je ne chercherais jamais à en savoir davantage ? J'attendais la défection de la chair comme on attend une pluie d'orage : dans une résignation tempérée qui serait ma vraie joie. Ce tour d'Europe digne d'un noble anglais du XVIIIe siècle, j'eus la prétention d'y voir la confirmation de ma vocation d'écrivain, et je rêvais de l'asseoir par le voyage d'Orient. Je savais pourtant que je n'écrirais point, étant devant la langue tel un moineau en face d'une couleuvre ; mais j'entendais ne pas offrir à mes parents pareille déconvenue ; j'affichai ma résolution, mentis comme je l'ai toujours fait : en toute innocence. Je dis que je voulais écrire. Mon père éclata d'un rire nerveux, me regarda, puis regarda ma mère avant de dire :

— Décidément, il restera un enfant.

S'il me garda son affection, il cessa de s'intéresser à moi — ou le feignit — et me méprisa un peu. Ma mère, elle, affectait de rester indifférente à mon avenir : ne me répétait-elle pas, avec émotion et un regard trop tendre, que je lui faisais penser à ces brillants officiers de la Grande Guerre, qui n'avaient jamais retrouvé de place dans la société? Sans doute songeait-elle à l'un de ses oncles qui traîna avec éclat son corps blessé avant de s'abandonner à la passion de veuves pieuses et sombres. Elle pensait aussi à ses frères dont l'un était mort sur le Rhin, et l'autre vivait avec nous, infirme et désespéré.

Quand il fut admis qu'on ne tirerait rien de moi, on décida pour sauver les apparences que j'irais à Paris suivre des études de lettres : au moins ferait-on de moi, soupirait ma grand-mère, un mauvais professeur. Études pour lesquelles je ne montrai guère d'enthousiasme : le structuralisme, alors en vogue, tout comme la psychanalyse et certaines théories d'avant-garde à quoi je ne m'intéressais pas tout en affectant d'y souscrire pour préserver ma tranquillité, me semblaient des théologies de bas étage. Seul méritait ma patience le moment où je regagnais mon studio du XIVe arrondissement et me replongeais dans les auteurs classiques et dans l'histoire de la littérature — toutes choses que tenaient pour désuètes les quelques jeunes gens avec qui j'avais fini par me lier et qui voyaient dans mes goûts, ma nonchalance, ma piété, une sorte de dandysme intellectuel. Je m'en accommodais, heureux de n'avoir pas à me justifier; je haïssais les théories, les discussions, les paroles enthousiastes, les fièvres. Et ces petits esprits, épris du seul fonctionnement des textes et de l'inconscient, me consultaient secrètement sur des points d'histoire littéraire, comme on consulte pour des maladies vénériennes. Ils ignoraient combien ils étaient désespérés ; et s'ils m'exaspéraient souvent, du moins savaient-ils être joyeux et me rendaient-ils supportable l'immense capitale. Ils fondèrent une revue littéraire, me demandèrent des textes, les refusèrent. Je n'en conçus nul dépit ; je n'écrivais que pour être certain que je ne serais jamais un écrivain. Formule trop lapidaire : il y avait dans ma démarche encore bien des illusions, des aveuglements nécessaires ; si je me voulais écrivain, c'était aussi, grâce à un mensonge qui ménageât mon peu d'amour-propre et m'empêchât de sombrer dans ces crises nerveuses auxquelles avaient succombé tant de membres de ma famille, pour trouver la force de mener à bien un projet dont il me faudrait encore plusieurs années pour entrevoir la forme et l'ampleur et à quoi je vouerais mes forces vives : projet ténébreux et apparemment si insensé pour tout autre que moi qu'il demeura secret jusqu'à aujourd'hui ; mais il n'était somme toute pas plus illégitime que ces grandes œuvres tombées dans l'oubli ou qui ne sont plus que l'émouvant relief d'obscures catastrophes. Projet, enfin, dont la promulgation ne m'eût alors pas semblé moins terrifiante que l'ouverture du septième sceau, puisqu'elle devait engager ma vie tout entière (même si, à ce moment, je n'avais qu'une idée imprécise et superstitieuse de ce qu'il serait). Je ne cesserais d'en mesurer les conséquences, m'abandonnant à la pure et humble joie du scribe devant la langue, dès lors qu'elle est perçue comme l'abstraction, l'essence et l'assomption du paysage français au sein d'un corps chétif qui la rend frémissante et frémit de mourir avec elle, en elle, doucement, lentement, petit enfant qui sourit dans le sommeil du vieillard qui déjà le songe.

XII

Mon indolence naturelle, ou orientale pour parler comme ceux qui avaient renoncé à me comprendre, fit mon succès auprès des femmes ; succès d'ailleurs tout relatif puisque, loin d'être un conquérant, je fus cette sorte d'homme à qui songent les femmes, faute de mieux, dans les moments de grand ennui ou de désarroi. Parlant peu de moi, accordant un silence bienveillant à mon visage clos, j'étais disponible, écoutais volontiers : on trouvait du mystère à ce sombre miroir. De camarade, je devenais provisoire amant de l'après-midi ou des nuits blanches. Je n'étais ni fier ni bas : je me laissais faire et ne trompais personne, n'aimais point, n'étais pas aimé. Ainsi, la plupart du temps, les femmes gardaient la tête froide — encore que certaines, par coquetterie, vanité ou pudeur, fissent semblant de s'enflammer. Le coït rendait vite chacun à soi : à sa nuit, à sa violence, à la nudité féroce de son visage, à son territoire, à une intimité d'où l'autre était exclu, avait toujours été exclu : les gestes amoureux étaient une intrusion à peine consentie, qu'il fallait sur-le-champ payer d'une haine mutuelle que seule apaisait une nouvelle faim du corps d'autrui.

Aussi sentais-je avec reconnaissance arriver le moment où la nuit bascule sur elle-même pour s'incliner vers le jour — où les corps harassés s'alourdissent, arbres de sang abattus, viscères apaisés, et où le moindre mot devient plus répugnant que la moiteur de l'entrecuisse. Je regagnais ma chambre le cœur léger; pour un peu, je me serais trouvé une figure d'homme heureux. De fait, si je ne me suis jamais posé l'invraisemblable question du bonheur (question qu'avec le temps j'ai fini par juger impie, voire obscène), c'est, sans doute, qu'il ne m'a pas été donné de vraiment souffrir, que je n'ai point connu ces peines de cœur, ces déchirements pour lesquels mes furtives amies cherchaient en moi un baume : n'étais-je pas le seul à soutenir, sans cynisme ni exagération, qu'on pouvait vivre sans se dédier à autrui comme une forêt aux flammes?

Avant de m'abandonner au sommeil, j'aimais contempler le dos des livres de ma petite bibliothèque : contemplation singulière, dans laquelle entraient je ne sais quelle naissante manie du classement autant que le goût de collectionner ou l'illusion du savoir, et qui, souvent, me poussait à acquérir un ouvrage non pour sa valeur propre mais pour son format, la beauté austère de son titre, le nom prestigieux d'un auteur, et que je ne lirais pas. Contemplation qui se poursuivait dans l'obscurité; les yeux clos, je me récitais muettement titres et patronymes, trouvant dans cette rumination opiniâtre un plaisir aussi vif que celui que je prenais, naguère, à me remémorer les prénoms des filles que j'avais étreintes : guirlandes de visages plus ou moins effacés, auxquels les noms rendaient une vivacité toute musicale. Activité assurément dérisoire ! C'était pourtant là une manie en laquelle je puis voir la source de ce que, sans forfanterie et en attendant de dissiper les malentendus, je nommerai mon œuvre.

XIII

Ce que d'autres ont appelé l'âge d'homme me semblait illusoire : j'avais l'âge innombrable de mes souvenirs, de mes vies imaginaires. J'enveloppais ma vie de songes, de récits, de linges sacrés. Au fond, je ne différais guère des écrivains authentiques. Outre mes amours éphémères, ma vie affective, puisqu'il faut se résoudre à des expressions grossières, se limitait à une correspondance régulière avec mon père ; nous ne parlions que de littérature ; c'était pour ne point parler de nous : qu'aurions-nous pu nous dire ? Je soupçonne que Neuveterre inspirait ces lettres ironiques et froides, dont seules faisaient le prix les quelques lignes qu'y ajoutait ma mère et dans lesquelles il était invariablement question, en des termes quasi scolaires, des naissances et des décès, de la couleur du ciel, de coupes de bois, des travaux du Pouget. Je devinais chez mes parents une mélancolie qui m'eût peut-être ramené à eux (et je n'envisageais pas sans ostentation mon retour d'enfant prodigue) si je n'eusse alors été seulement soucieux — jusqu'à en être obsédé — de me justifier devant eux : le fait d'écrire ces lettres et la résolution de ne point tricher m'étaient aussi insupportables que si je m'étais montré nu dans la pièce où nous nous confessions. Je n'en soutenais pas moins — on me pardonnera une telle naïveté — que les vrais écrivains étaient ceux qui mettaient en jeu leur vie et qui tentaient d'apprendre à mourir. Je prisais fort, à l'époque, toutes sortes d'écrivains dits de la transgression, dont la biographie m'importait d'ailleurs plus que les œuvres. Le contemplatif que j'étais se voulait à présent un mystique : mieux eût valu demander à un hibou de voler en plein jour; j'étais trop veule et froid pour m'abandonner aux transes, aux stupeurs provoquées, à l'excès.

L'influence de Neuveterre déclinait; je perdais ce mélange d'innocence et de désillusion qui m'avait jusque-là permis de traverser les jours avec l'élégance de ceux pour qui un désespoir manifeste est le comble de la malséance. Je devins romantique, c'est-à-dire enthousiaste et naïf. Je me cherchai un maître, tout en voulant rester libre. J'élus pour cela Esquirol, un écrivain déjà notoire, mon aîné de sept ou huit ans. Dès lors, rien ne me parut plus enviable que de passer aux yeux de tous, sinon aux siens, pour son disciple favori. Mon désarroi me rendait apte aux soumissions raisonnées.

De taille moyenne, le regard immobile et froid, la bouche paisible, Esquirol avait un esprit vif et retors. Il parlait sur un ton si bas qu'on devait guetter ses paroles dans un silence de cloître. Il avait des formules définitives, qu'il accompagnait de gestes courts mais solennels. Professeur de philosophie dans un lycée de banlieue, il affectait de mépriser sa discipline. Ses auteurs de prédilection étaient ceux du Moyen Âge européen. Il avait publié, outre maints articles sur des sujets divers, deux brefs romans, un essai sur les impostures des « modernes », des poèmes rédigés dans une langue imaginaire, calquée sur le français du XIIIe siècle, et donné une traduction annotée des poésies latines de Scévole de Sainte-Marthe, édition qui lui avait mis à dos l'Université. C'était, disait-on, un curieux mélange de Pierre Klossowski et de Marcel Schwob — ce dont il tirait de l'orgueil. Son mystère résidait surtout dans la hargne extrême avec laquelle il dénigrait ses propres livres, nullement par fausse pudeur ou esprit de contradiction, mais pour mieux montrer, assurait-il, la vanité de tout auteur, de toute œuvre, de tout système, de toute croyance, et atteindre à la pure conjonction du rire et de l'absence d'espoir. Encore soutenait-il d'un ton rogue que cela était excessif et qu'il n'eût pas même été digne de laver les pieds des Apôtres. Il ne méprisait rien tant que les langues, lesquelles nous condamnent à croire que nous sommes vraiment au monde et nous empêchent d'être légers. Sous Philippe le Bel, il eût sculpté des gargouilles, combattu sous Louis XIII la réforme de Malherbe, au Grand Siècle bâti des labyrinthes de verdure, eût été en Vendée compagnon de La Rochejaquelein, ou disciple de Lacordaire au siècle suivant. Il avait en horreur le suicide et son esprit de sérieux, la peinture abstraite et les jupes écossaises, aimait par-dessus tout l'été, les vins blancs de la Loire, la musique de l'Inde du Nord, et collectionnait les reproductions des tableaux de Jean-Baptiste Greuze. Il était un tissu de contradictions. C'était au demeurant, un homme comme les autres.

Après avoir lu son premier roman, je lui envoyai une longue épître, assez naïve et admirative pour qu'il me conviât, vers minuit, dans un café sinistre de la place Pigalle. Cet insomniaque avait peur de la nuit. J'écoutai sans ouvrir la bouche le ressassement de phrases murmurées, dans lesquelles saillaient des noms obscurs. Il me demanda si j'écrivais, parut satisfait que je n'écrivisse pas et me chargea enfin d'aller copier à la Bibliothèque nationale, pour un travail qu'il avait en cours, quelques pages des *Propriétés d'Amour* de Du Souhait ; je lui en fus aussi reconnaissant que s'il m'avait initié aux arcanes majeurs.

Quand il me connut davantage, il réprouva ma façon de vivre, m'exhorta à me marier, tout comme lui qui avait épousé une femme dans le besoin, plus âgée que lui, d'intelligence médiocre mais jolie et paisible : elle lui avait donné deux petites filles qui lui rendaient supportable l'espèce humaine. Il me fit écrire des comptes rendus de livres d'avant-garde pour de luxueuses revues dont il était l'aristarque. J'imitai son style : je fus obscur, un rien pédant et incantatoire ; nul n'y trouva à redire. À voir mon nom imprimé, il me semblait que j'étais un imposteur ou que j'eusse craché à la figure de ma mère ; je le dis à Esquirol, qui eut un petit rire d'aise. Il aimait mon humilité, mon goût de l'ordre, mes manies, mon nom. Il m'invita à passer quelques jours de vacances à Varangeville, chez les parents de sa femme. Il me montra la tombe d'Albert Roussel. Dans le petit jardin suspendu sur la mer ou, la nuit, près des vitres obscures, il disserta sur la musique française, fit l'éloge du vin de Vouvray et des sorbets à la poire ; il eût trouvé inconvenant qu'il fût question de littérature. Il riait comme un adolescent. Je regardais alors sa femme : elle souriait comme ces êtres qui n'ont plus rien à perdre et qui, faute de pouvoir aimer ou haïr vraiment, se sont résignés au pire. Esquirol surprenait mes regards et murmurait invariablement, comme pour se justifier, que rien ni personne ne méritait qu'on se sacrifiât — à supposer, ajoutait-il avec rage, que l'amour ne soit pas qu'une vue de l'esprit.

XIV

Les écrits d'Esquirol me fascinèrent ; c'est-à-dire que je ne les lus pas vraiment, me contentant de les feuilleter fréquemment pour y reconnaître les mots ou les formules qui me permettraient d'en être l'opportun scholiaste. Je me dispensai bientôt de lire mes contemporains qui, à de rares exceptions, n'avaient aucun sens de la langue française : de l'ironie, je passai aux sarcasmes et fus d'autant plus considéré. Mon goût du classement se développait et trouva naturellement à s'exercer sur l'œuvre d'Esquirol. Je me récitais, à toute heure du jour ou de la nuit, la liste raisonnée de ses livres et de ses textes parus en revue. Peu m'importait l'endroit : rue, métro, café, chambre inconnue, il suffisait que je fusse seul quelques instants pour prendre cet air pénétré, ou un peu hagard quand un titre m'échappait, qui donnait l'impression que je pensais à des choses profondes ; non que j'aie méprisé l'œuvre d'Esquirol : il était à mes yeux un des rares contemporains capables de perpétuer, qu'il le voulût ou non, l'esprit de notre langue ;

mais la littérature en tant que telle ne m'intéressait déjà plus ; et j'étais reconnaissant à Esquirol de m'avoir donné, en même temps que la haine de l'écriture et le sentiment heureux de ma vanité, son œuvre à ronger : elle venait nourrir, abondante et diverse, ma rêverie classificatrice, et j'accueillais avec un bonheur extravagant tout nouveau texte de lui. En vérité, mon système n'était pas au point ; ce ne serait d'ailleurs jamais un système, mais une manie exacerbée dont la difficile, l'illusoire maîtrise serait à ce point dépendante de ma rêverie que le fait même de vivre y serait asservi : n'étais-je pas, depuis longtemps, lié corps et âme à l'histoire de la littérature française comme d'autres travaillent à la plus grande gloire de Dieu, ou apprennent des langues nombreuses, ou collectionnent des armes blanches, ou entreprennent de faire tenir le monde dans l'espace exigu des vignettes postales ?

Dans cette rêverie, l'amour de la France occupait une place considérable : étrange amour, exclusif, sans réciprocité, qui me faisait porter sur le monde un regard aussi peu contemporain que celui d'un chevalier de Bouvines. Mes deux grands-pères étaient morts à la guerre, le premier aux Éparges, l'autre dans les Dardanelles. J'ai toujours connu, à Meymac, dans la demeure où je suis né, et où naquirent ma mère et toute sa famille, la grande pièce aux volets éternellement clos, aux murs tapissés d'armes diverses, de portraits, de lettres, de citations militaires sous verre, de drapeaux à franges dorées ; au centre de la pièce, deux mannequins de couturière supportaient les uniformes d'officier des deux défunts; leurs képis reposaient, devant eux, sur un guéridon bas; toute l'année brillait dans le fond, sous un haut crucifix de porcelaine, une lampe douce. Je venais volontiers rêver dans cette pièce qui tenait de la chapelle et de l'hypogée. De la même façon, j'aimais me rendre auprès de mon oncle maternel, qui avait été blessé en Indochine. Il occupait chez nous, non loin de notre mémorial, trois chambres reculées; dans celle qui lui servait de bibliothèque, il se tenait tout le jour, sous le regard attentif d'une Asiatique sans âge, ramenée du Cambodge, et qui ne parlait pas notre langue. Il partageait ses heures entre la fenêtre, les livres et la contemplation, sur le mur du fond, de grandes cartes d'école obsolètes, sur lesquelles il me montrait avec émotion les formes violettes de l'Empire perdu. C'était un homme ténébreux, mais juste et bon, asservi à son corps infirme. Son visage s'adoucissait dès que je poussais sa porte. Sa seule coquetterie était de ne point s'habiller en civil. Quant à Phuong, domestique ou compagne, son dévouement silencieux était admirable; on murmurait, quand l'orage grondait, qu'elle s'allongeait sur l'infirme et apaisait de la sorte son corps tremblant et terrifié. Il m'apprit à aimer l'Empire, la discipline et ce qu'il appelait l'œuvre française dans le monde; avec lui, je méprisai les hommes politiques, le parlementarisme, je déplorai le Traité de Paris, la perte du Canada, de la Louisiane, de l'Algérie. J'admirais son étroit visage d'ascète, aux cheveux très bruns, à la lèvre surmontée d'une fine moustache, et ce corps demeuré élégant, enveloppé dans la fumée d'une sempiternelle cigarette ; la guerre l'avait figé dans une jeunesse fragile et frémissante. Avec les années, il devint larmoyant, pathétique, confus. Mais il m'avait donné le sentiment géographique et historique de la France ; sentiment qui, joint à ce que j'appellerai un peu pompeusement ma conscience linguistique (en quoi il serait trop aisé de ne voir qu'une mystique de substitution), devait offrir à mon esprit son pli définitif : celui d'un rêveur scrupuleux.

XV

Le jour de mes vingt ans, en 1973, je descendis dans la chambre où je suis né. Je m'agenouillai devant le lit d'acajou et priai. Entré par les persiennes, le grand soleil d'hiver me serrait le visage et les mains comme en un tulle mortuaire. Je me sentais tout à la fois un enfant et un homme vieux. On fêta mes vingt ans. Je n'étais rien, et n'avais nul désir, nulle prétention de me croire quelqu'un. La solennité des anniversaires m'effrayait : je n'aimais pas qu'on me rappelât que j'étais au monde et qu'il me faudrait mourir. Agitant les mains devant ma figure pour en chasser la tristesse, ma grand-mère me dit que j'avais la vie devant moi ; je ne pouvais croire que ma vie consistât en autre chose qu'en l'élimination rituelle des humeurs corporelles ou une tentative pour noyer mes terreurs dans des eaux profondes dont le sommeil ne donne qu'une idée approximative. Je lui répondis que je ne me sentais pas plus fait pour vivre que pour parcourir à genoux la muraille de Chine. Elle eut un sursaut, pinça les lèvres, fut sur le point de me gifler. Je m'empressai d'ajouter qu'il fallait vivre non pas comme le souhaitaient les poètes, en étant chaque jour mis au monde, non plus que dans la frivolité des libertins, mais en expiant, instant après instant, le fait même d'être au monde c'est-à-dire en agissant le moins possible : nous aurions de la sorte si peu l'occasion de pécher que nous pourrions espérer non pas d'être sauvés, mais trouver dès à présent une forme ou un avant-goût de la consolation. Ma grand-mère se mit à rire; à l'en croire, j'étais une sorte de moliniste dépravé. Peut-être avait-elle raison. Je lui souris. J'aurais aussi bien pu lui dire, sans exagération, que je ne désirais rien d'autre qu'une immobilité d'insecte sur un mur. Il n'était que trop certain que je ne ferais rien; on avait donc décrété que j'étais un artiste, dans la plus vague et dérisoire acception du mot : la province se satisfait souvent des apparences, et les quelques articles que j'avais publiés, nécessaires préludes à de grandes œuvres, mon goût du silence, ma mine sombre, pouvaient donner le change.

Pendant ces vacances de Pâques, au Pouget, je me liai avec Sylvie, la fille d'un cantonnier des Buiges. Elle était petite, menue, avec un visage fin, très blanc, de beaux cheveux châtains mi-longs et un air extraordinairement doux. Elle vivait chez sa grand-mère, une bonne femme qui avait accepté de la recueillir chez elle, dans sa ferme de Siom, elle et le fruit de ses amours avec un arpenteur limougeaud qui refusait de l'épouser; en échange, Sylvie portait des vêtements sombres, les cheveux tirés en arrière, et n'allait plus en ville. Cette femme-enfant que je rencontrais chaque jour dans mes promenades, portant son fils dans ses bras et qui chantonnait sans cesse, me fit croire que je pouvais aimer. Je parlai d'elle à Léone, qui s'effraya, me dit qu'il me fallait, celle-là, la respecter, qu'elle avait trop souffert; et elle me fit promettre que je me conduirais bien avec elle : promesse d'autant plus aisée à tenir que, je le redis, je n'ai jamais cherché à conquérir nulle femme.

Rien cependant chez Sylvie ne permettait qu'on s'apitoyât sur elle : elle avait un sourire franc et juvénile. C'était bien sûr un être brisé. Ni sotte ni farouche, plutôt fraîche et émouvante que jolie, elle se laissa approcher, prendre par la taille, baiser sur la joue. Rêveuse, elle m'écoutait lui parler de Paris, de mes études, des villes d'Europe; mais j'avais peur de l'ennuyer et, davantage, de m'ennuyer. Nous nous dîmes bientôt tout ce qui nous passait par la tête, nous efforcions d'être les adolescents que nous n'avions pas été. À la fin, nous n'échangions plus que paroles en l'air, en patois, et riions à pleine gorge : nous nous croyions éternels. Nous ne sortions jamais sans son plus jeune frère, taciturne petit garçon affligé d'une coxalgie qu'il mettait un point d'honneur à ne point montrer combien elle le faisait souffrir. À nuit tombée, j'allais par des chemins creux, au milieu d'ombres et de bruits qui m'effrayaient : je ne marche jamais dans la nuit limousine sans éprouver une peur de paysan au milieu des puissances nocturnes. J'atteignais la maison de Sylvie; elle m'attendait devant la ferme, dans ce petit pré fermé qu'on appelle chez nous un couderc ; nous n'y restions pas plus d'un quart d'heure, pendant lequel nous nous observions en silence, nous pressions les mains, soupirions. Assise sur le pas de la porte, la grand-mère de Sylvie nous regardait avec indulgence.

Ce fut Sylvie qui me demanda de l'embrasser. Il avait plu ; nous avions trouvé refuge dans un fournil abandonné qui sentait le lait de brebis aigre. Sa bouche était fraîche. Je lui caressai la poitrine. Elle me tenait doucement par l'épaule. Il n'y eut rien d'autre. Je n'y songeai même pas. À aucun moment nous ne nous dîmes de ces mots péremptoires et vains dont le souvenir nous tourmente. Je ne me souciais pas de savoir si j'étais aimé. Couchés sur une botte de paille, son enfant et son frère nous regardaient avec des yeux immenses, presque froids. On entendait le grattement des pattes d'oiseaux sur l'ardoise du toit.

XVI

J'aimais Sylvie pour le clair-obscur, pour les syllabes simples et douces de son nom ; et la ressemblance que je n'hésitais pas à lui trouver avec l'héroïne de Nerval achevait de me la rendre aimable. Quelques jeunes femmes me furent ainsi chères : Gide me poussa vers une trop jeune Isabelle, Chardonne une Claire mélancolique, Rivière une capricieuse et tendre Aimée, Giraudoux une Suzanne qui, haïssant son nom, l'anglicisait, et Balzac une Béatrix qui m'avoua que ce n'était là qu'un pseudonyme commode pour la prostitution de haut vol à laquelle elle se livrait.

En vérité, j'avais pour Sylvie des sentiments peu ordinaires. De retour à Paris, je lui envoyai maintes lettres puis cessai de lui écrire et ne songeai bientôt plus à elle qu'à travers mes livres ; je veux dire que, la sachant ignorante, admirative et, quoique blessée, prête encore à la niaiserie amoureuse, j'aimais à me la représenter près de moi, telle l'enfantine épouse de David Copperfield, lui faisant découvrir les titres austères de ma bibliothèque, jubilant de les prononcer gravement, avec cette voix qu'on n'entend que dans les songes, qui ne nous appartient plus tout en étant vraiment nôtre et qui nous fait pleurer. On le voit : il y avait encore dans mon goût de l'énumération et, plus tard, dans celui de la classification, le besoin narcissique d'autrui ou la peur d'être seul. Peu à peu, comme un incendie, cette manie s'étendit à d'autres bibliothèques, notamment à celle d'Esquirol, dont je connaissais presque tous les volumes ; une autre fois, j'imaginai une bibliothèque idéale pour une femme d'âge mûr dont la détresse me touchait. Je composai enfin, pour un anonyme mécène, châtelain en Auvergne, une vaste bibliothèque où n'entraient que les livres impérissables de la littérature universelle traduite en français. Je m'endormais dans le bruissement délicieux des titres et des patronymes.

La figure de Sylvie ne résista pas longtemps. Impénitent ressasseur de bibliothèques, je ne m'approchais d'autrui que pour mieux me convaincre de mon inanité. Je ramenais de mes nuits dans des villes lointaines d'autres visages, tout aussi émouvants, meurtris, butés ou fragiles, dont le souvenir délicat me tenait lieu d'amour, me dispensait d'aimer, m'épargnait toute confusion sentimentale. J'avais dit à Esquirol que j'étais amoureux ; il en fut étonné, puis courroucé, ne devinant point la bravade ; il me supplia enfin d'épouser Sylvie ou de renoncer à elle. Je lui donnai la satisfaction d'un sacrifice qui ne me coûtait rien. Esquirol m'amusait : il avait pour l'amour un scepticisme de vieillard et contestait que les femmes puissent créer autre chose que des enfants :

— Pourquoi y a-t-il si peu de femmes peintres, de femmes compositeurs? répétait-il. Quant à celles qui écrivent, il faut qu'elles aient pratiqué le coït comme des hommes pour avoir quelque chose à dire. Connaissez-vous une vierge qui ait laissé une œuvre?

Je murmurai qu'Emily Brontë, Eugénie de Guérin, Emily Dickinson, par exemple...

— Romantisme! cria-t-il en me coupant la parole. Vous prenez les vessies pour des lanternes. Vous imaginez peut-être qu'elles ne se branlaient, ni ne chiaient, ni ne saignaient!

Et je riais, par bassesse, parce qu'il fallait rire, parce que j'étais incapable de rien rétorquer et qu'un petit rire silencieux m'a souvent permis de passer pour cynique alors que je souhaitais seulement n'être point pris pour un imbécile. Je m'avouerais bientôt que je riais surtout parce que Esquirol était risible, comme tant de littérateurs qui, quoi qu'ils fassent, sont devenus le fruit incongru de leur œuvre — personnages pitoyables, épouvantails dans un champ de coquelicots, effraies clouées à des portes de granges, hérissons en boule et, en même temps, hommes ordinaires que je voyais rire comme des vieillards, avec des mélancolies de collégiens, des rages de cabotins jaloux, des paroles plus vaines que des crissements de cailloux sous des pas fatigués. Pitoyable, Esquirol ne l'était ni plus ni moins qu'un autre; mais il sentait que le regard que je posais sur lui avait changé, que j'étais sur le point de le percer à jour : je lui devins plus insupportable qu'un disciple qui l'eût dépassé ou trahi. Je lui échappais. Si nous ne nous brouillâmes pas, sans doute est-ce que j'en savais trop sur lui pour qu'il ne fît pas de moi un ennemi ; c'eût d'ailleurs été mal me connaître : sitôt que les êtres perdent de leur ascendant sur moi, je crois les voir mourir. Ma servilité est une vertu déguisée, et ma faculté d'oubli inépuisable.

XVII

Un journal d'Amérique publia un article excessif dans lequel le folliculaire soutenait qu'il n'y avait plus, en France, d'écrivains importants, de consciences universelles dignes à tout le moins de rivaliser avec Gide, Sartre, Camus ou Malraux. Moi qui avais été élevé dans la gloire des armes, le dépit historique, la haine des Anglo-Saxons et la nécessité d'illustrer notre langue, je reçus cet article comme un affront personnel. Ma tranquillité était menacée. Je rageais, m'indignais que nul ne répondît, qu'on se réjouît même de ce que les Américains voulaient bien se soucier de nous — fût-ce pour nous prétendre nuls —, et qu'on trouvât naturel de vivre dans le temps du mépris. Esquirol haussait les épaules : il jugeait dérisoires les nations et la psychologie des peuples, et comparait les journalistes à de vieilles femmes qui ont mal aux dents. Il ne me convainquait plus. J'attendais avec fièvre d'être seul. Je m'allongeais, fermais les yeux et — je ne montrerai jamais assez l'étendue de ma bêtise — je déclinais à voix basse, et avec l'accent américain, non seulement comme si j'avais en face de moi le journaliste américain mais que je fusse ce journaliste, je déclinais les noms des écrivains contemporains qui comptaient ou de l'œuvre desquels j'espérais un nouveau classicisme, un autre baroque, un romantisme neuf ; je me figurais, par exemple, une immense salle où étaient exposés leurs livres, dont je commentais les titres, finissant par transpirer d'orgueil et de bonheur, et m'endormant presque délivré puisque je savais pouvoir retrouver à satiété les conditions de mon bonheur et de ma délivrance.

Bientôt cela ne suffit plus ; il me fallut recourir à la littérature française tout entière, avec ses ramifications étrangères. Je procédais par à-coups, sans ordre, l'esprit enfiévré, incapable de trouver une méthode qui me satisfît. J'allais d'auteur en auteur, d'un siècle à l'autre, m'embrouillais, oubliais des œuvres représentatives du génie français, perdais quelquefois le sommeil. Un soir, j'entrevis avec ravissement une sorte de dictionnaire muet dans lequel seraient recensés, des origines à nos jours, les vrais écrivains de langue française. Leur biographie m'embarrassant, me détournant d'une rêverie méthodique, je réduisis les notices aux noms, prénoms, dates et lieux de naissance et de mort, et, surtout, à l'énumération scrupuleuse de leurs œuvres. J'avais, je ne sais pourquoi, commencé par la lettre B, mais la rubrique se révéla si riche et l'œuvre de Balzac, par exemple, me posa de tels problèmes de mémoire que je résolus de la garder pour la fin et me rabattis, comme le voulait la logique, sur la lettre A, inaugurée par Pierre Abélard dont je ne savais quasi rien et à propos de qui Esquirol me fournit, non sans réserves, les renseignements nécessaires. Chaque auteur nouveau (et, à la longue, j'inclus dans mon dictionnaire philosophes, mémorialistes et historiens) m'était une joie incommensurable. Parfois, dans un moment peu propice, surgissait le nom d'un auteur que je n'avais pas encore décidé d'admettre — par exemple Jarry ; je me le réservais pour le soir avec satisfaction, y revenant de temps à autre comme on agace du bout de la langue une dent malade, mais dont la guérison est proche.

Je rencontrais mille difficultés. Des poètes comme René Char ou Henri Michaux m'irritaient : ils publiaient beaucoup de petits livres qu'ils reprenaient en des volumes plus importants, et je me perdais souvent dans ces titres étranges. J'hésitai longtemps à recenser des écrivains mineurs, tels Charles Guérin, dont j'avais autrefois aimé la poésie un peu fanée, ou Marcel Arland que j'estimais pour son souci de la langue, ou encore le hautain Paulhan dont l'œuvre sans éclat se cachait derrière le nom et l'éminente fonction. J'en omettais beaucoup d'autres, tombés dans un juste oubli ou surévalués comme Le Franc de Pompignan, Paul de Kock, Prévert ou le piètre Boris Vian ; et si j'y admis Eugène Sue, ce ne fut qu'en raison de son importance historique. Mes troubles de mémoire étaient, la plupart du temps, prétexte à des recommencements jubilatoires. J'étais reconnaissant à Istrati et à Ionesco d'avoir écrit en français, et à Zola et à Yourcenar, que je n'aime guère, d'exister : ils me donnaient l'occasion de remplir des rubriques qui fussent restées vierges. Avec quelle jubilation je m'emparai de l'Américain Julien Green ! Je poussai le scrupule et l'orgueil jusqu'à inclure dans mon œuvre, où ils figuraient en italiques imaginaires, les noms d'écrivains qui avaient donné quelques écrits en français, tels que Beckford, Heine, Galiani, Rilke et Nabokov. Mon esprit était à ce point exalté qu'il m'arrivait de ne pouvoir poursuivre ma tâche ; je descendais sur le boulevard et accomplissais plusieurs fois le tour du pâté de maisons ; ou bien j'ouvrais ma fenêtre et je croyais entendre dans le frémissement des lumières orangées et les sourdes rumeurs de la ville le bruit du vent traversant les forêts de Haute-Corrèze, et j'avais la faiblesse de me croire en exil.

À d'autres moments, je m'apaisais en imaginant un dictionnaire des compositeurs, des peintres ou des cinéastes français : tâche divertissante ou brouillon de travaux futurs, je faisais sonner en moi, pour la plus grande gloire de la France et mon parfait bonheur, la guirlande incomparable des noms : les syllabes de La Tour, Chardin, Nattier, Delacroix, Fragonard, Corot me tiraient des larmes. Et lorsque le sommeil me gagnait, je devais, pour jouir de la pure conjonction de l'endormissement et du classement, aller plus vite, tout en gardant l'esprit clair ; de chaque auteur, je ne citais que les œuvres principales ; si bien qu'il y eut enfin le grand dictionnaire et le dictionnaire abrégé, auquel je consacrai la plupart des temps morts d'une existence qui en comptait beaucoup, mais dont je pensais qu'elle valait, puisqu'un tel bonheur m'était permis, la peine d'être vécue. Quant à l'accent américain, je l'abandonnai le jour où, rêvassant auprès d'une femme qui sommeillait, j'avais prononcé à voix haute, et d'une façon si saugrenue que ma compagne me crut insensé, le nom de Cyrano de Bergerac qui venait de faire son apparition soudaine en moi et dont la découverte m'avait donné une joie aussi vive que si j'eusse découvert les ruines de Troie.

XVIII

N'étant guère de mon siècle, indifférent aux naissances, aux morts ou aux séparations, je me résignais sans difficulté. Je me serais aussi bien résigné au mariage. Ce n'est qu'après la mort de Viviane que je me suis demandé si l'on n'avait pas souhaité que j'épouse cette cousine inconnue. Je ne m'explique pas autrement le bref voyage que nous fîmes à Toulouse, ma grand-mère et moi, dans la blancheur crayeuse d'un été.

Viviane vivait, près de l'église Saint-Sernin, au fond d'un sombre appartement tout en longueur, dont on ne pouvait franchir le seuil sans avoir l'impression de passer de l'été à l'automne. Âgée de vingt-quatre ans, ma cousine était aveugle. Elle passait le plus clair de son temps auprès de sa mère qui lui lisait d'une voix chevrotante des romans de René Boylesve, de Marcel Prévost ou de Gyp. Elle avait des moments d'une extraordinaire gaieté : son visage s'ouvrait et semblait vous convaincre que le monde ne méritait pas qu'on le regardât. Il était alors difficile de ne pas l'admirer. Il n'entrait dans cette admiration nulle pitié. Viviane était une jeune fille comme les autres ; elle avait des idées sur tout — c'est-à-dire qu'elle proférait des avis sensés sur des événements sans importance, et qu'elle ignorait à peu près tout de la vie : le monde n'était pour elle qu'une rumeur océane. Il arrivait que sa mince figure se crispât, qu'elle portât les mains à son cou puis les passât sur son visage et ses épaules avec des gestes si lents et soigneux qu'on eût dit qu'elle cherchait à se défaire de son corps. Nous échangeâmes des paroles courtoises ; elle effleura ma figure, eut l'air contente, puis s'enferma en souriant dans un silence dont rien ne put la tirer. Je me sentais mal à l'aise. Déjà je supportais avec peine ce qui contrariait le déroulement ordinaire de mes journées, haïssais les fâcheux, les voyages, les fêtes païennes. Je demandai à ma grand-mère ce que nous faisions là ; elle prit une expression mystérieuse et murmura que nous étions là pour Viviane. Il y avait longtemps que je ne me refusais plus à aucune femme, que j'étais, pour reprendre l'expression de mes furtives amies, l'homme de toutes les femmes ; mais, je ne sais pourquoi, les paroles de ma grand-mère me faisaient frémir ; je murmurai que personne ne méritait une femme comme Viviane. Ma grand-mère haussa les épaules.

— Mais, mon petit ami, s'écria-t-elle, tu ne comprends donc pas ce qu'on attend de toi ?

La même nuit, je fus tiré de mon sommeil par des cris lointains et des bruits de pas dans le couloir. Puis l'on n'entendit plus qu'une plainte solitaire, une plainte heureuse et aérienne, comme je n'en avais encore entendu dans nulle bouche, mais qui ne pouvait venir que d'une femme : elle en avait la souveraineté, l'aplomb, la volonté tranquille d'assomption et, néanmoins, était si éloignée de tout sentiment humain, si vivement et gravement nue qu'elle excluait tout accompagnement dans la détresse ou la joie. Je me levai. Du fond du couloir, par une porte entrebâillée, provenait une faible lumière vers laquelle je m'avançai, sentant avec plaisir sous mes pieds nus les froids carreaux de brique rouge sang. Je poussai la porte et demeurai sur le seuil, les bras ballants. Ma verge se dressa dans la trop large chemise de nuit dont on m'avait affublé; je ne pouvais me défendre de rien; j'aurais souhaité être aussi nu que Viviane sur son lit. Son visage était insoutenable : renversé vers l'arrière, il n'avait plus rien de féminin ni de jeune tant il était ouvert : visage d'une excessive cruauté, qui semblait dénier au corps de l'infirme frissonnant sous des caresses désordonnées, la joie injustifiable qu'il quémandait; visage maintenant au-delà des âges, qui en appelait sans pudeur à une éternité dont il eût l'effroyable nostalgie, et qui le dépouillant de sa chair en un lent et inexorable tumulte donnait à voir sur cette face transparente, innocente, délivrée, la griffe de son âme.

Je sentis dans mon dos une poussée légère; je résistai; la poussée se fit plus pesante; je transpirais, tremblais, retenais mon souffle; je tournai la tête : ma grand-mère, plus grande et plus maigre que jamais dans sa longue chemise de nuit, les cheveux défaits, le regard humide, me souriait et disait d'une voix lasse :

— Tu connais bien ce mal, n'est-ce pas ? Comprends-tu, à présent ?

Mais je ne comprenais pas, ou ne voulais pas comprendre. Pour rien au monde, je ne me fusse approché du lit. J'avais envie de pleurer. Je ne pus m'empêcher de crier ; ma voix était suraiguë comme celle d'un enfant qu'effraie l'obscurité d'un sous-sol :

— Pourquoi m'as-tu amené ici ? Pourquoi ?

Alors ma grand-mère me prit par la main, me reconduisit à ma chambre ; elle me fit tomber à genoux près de mon lit, me désigna de la tête un petit crucifix perdu dans le papier à fleurs et, ensemble, nous priâmes jusqu'à ce que la plainte ait cessé.

XIX

Ma vie aurait-elle désormais un sens ? Tout dérisoire qu'il était, voué au secret, inavouable même, mon travail de lexicographe justifiait tous mes actes, passés et à venir. Je n'aime pas le mot de sens : il a quelque chose de faiblement moral. Je ne suis pas un être moral ; je ne prise pas pour autant l'immoralisme. Il y a des ruisseaux et des pentes : l'eau est tantôt claire, tantôt trouble et bouillonnante, mais elle s'écoule : cela ne se discute pas. Ainsi, le mot sens n'a d'autre valeur pour moi que celle d'une plus ou moins grande inclinaison de la pente. Quant au reste, nous avons les yeux brouillés de larmes et les mains dans l'invisible ; notre faute originelle est trop grande pour que nous ne nous croyions pas innocents, même si nous passons notre vie à écorcher cette innocence.

Je n'ai donc rien à me reprocher — pas même les moments où il apparaît que je fus abject. On jugera d'ailleurs si vraiment je l'ai été, par exemple en cette lointaine nuit d'hiver. Je raccompagnais une amie au-delà des portes de Paris, jusqu'à sa petite maison de la proche banlieue. Près de la bouche de métro somnolait un homme entre deux âges, misérablement vêtu, à la trogne rouge. Il se leva et me demanda de l'argent. Je ne répondis rien. Nous pressâmes le pas. Il nous suivit. Il maugréait. J'étais hors de moi ; la déchéance physique m'était odieuse ; je ne savais pas aimer les humbles ni les humiliés. Nous prîmes l'avenue qui longe le bois de Vincennes. Je restai peu de temps avec ma compagne d'un soir, que je quittai peu après minuit : sa tendresse et son babillage étaient le prix à payer pour la secousse qu'elle m'avait donnée. J'avais froid ; je sentais que je ne parviendrais pas à me dominer. Je quittais toujours plus tôt la couche des femmes afin de rêver mieux à mon aise à mon dictionnaire.

La nuit était extraordinairement froide et blanche ; la lune semblait enduire les branches des arbres d'une sorte de cire ; on se serait cru dans une forêt d'ivoire. Je m'arrêtai pour allumer une cigarette. J'entendis des pas malhabiles. Je ne me retournai pas ; je savais que c'était le clochard ; peut-être devinais-je aussi ce qui allait arriver. Lorsque l'homme fut tout près de moi, je le regardai : mon indignation était à son comble et j'eusse été incapable de dire si cette face boursouflée de silène était empreinte de souffrance ou secouée d'une muette hilarité. L'homme ne me quittait pas des yeux : il paraissait attendre quelque chose qui lui serait dû. Je le repoussai violemment. Il tomba ; sa tête heurta avec un bruit étrange le rebord du trottoir, puis il roula entre deux voitures à l'arrêt.

Je ne fis plus un geste, je riais doucement, écoutais, comme si rien ne s'était passé, le silence de la ville endormie et le bruit des branches que le gel faisait crisser. Il y avait, à la lisière du bois, un banc sur lequel j'allai m'asseoir. Je demeurai là de longues minutes, fumant avec une satisfaction indicible, sans quitter des yeux l'homme immobile dans le caniveau, songeant par instants qu'il était peut-être mourant. Je ne bougeais pas ; j'aurais été tout aussi indifférent à ma propre mort, et c'était bien cela qui nous avait rapprochés, cet homme et moi ; oui, je me disais à présent que si je n'avais pas bougé quand il s'était approché, c'était que j'espérais qu'il me délivrerait de moi. Je lui avais laissé sa chance.

Je me levai. Le froid me piquait les yeux, mes oreilles bourdonnaient. Une joie singulière m'étreignit : vide de sperme, de larmes, de mots, je pissai entre les arbres ; et à voir l'épaisse buée qui s'élevait devant moi, je hoquetais de rire : j'étais seul au monde, la lune coulait dans mes veines, et tout m'était permis. J'imaginai de pisser sur l'homme. Je m'approchai : il ne remuait pas ; ses yeux étaient clos ; son visage apaisé, délivré, presque enfantin, raviva ma colère ; je lui donnai un coup de pied ; il n'eut pas même un frisson. Je regagnai ma chambre après plusieurs heures d'une marche qui m'exténua. Je fus long à trouver le sommeil ; tout en caressant avec délices la lettre D, je songeais distraitement que j'avais remarqué, près du visage de l'homme, une flaque sombre qui pouvait être du sang, ou de l'urine, ou du vin rendu. Le lendemain et les jours suivants, j'achetai les journaux : il n'y fut point question de la mort d'un clochard. Qui, d'ailleurs, s'en fût soucié ? Je ne me sentais coupable de rien. Il m'arrivait de penser que ce pauvre bougre était mort. Non que je fusse la proie d'un remords déguisé, ou d'un accès de mélancolie ; j'étais heureux ; j'enviais presque ce sans-abri ; mon geste l'avait lié à moi d'une manière définitive et heureuse ; oui, j'étais heureux qu'il ait pu mourir si doucement dans cette nuit d'hiver.

XX

Ma mère devint la proie d'une étrange langueur ; on murmurait tantôt qu'elle n'avait rien, tantôt qu'elle était perdue. Elle que j'avais crue résignée à tout, elle n'acceptait pas de vieillir. Sans doute souhaitait-elle, dans ce temps incertain qui précède la vieillesse, retrouver le goût de ses premières années et d'une jeunesse qu'il lui semblait n'avoir pas vécue : jeunesse dont j'ignorais à peu près tout et dont le dévoilement m'eût paru indécent. Cette langueur me lia plus fortement à elle : j'y voyais l'approbation de ma façon de vivre, comme si je n'avais rien fait d'autre que d'attendre, sans le savoir, ce moment où elle et moi serions indéfectiblement réunis, sans avoir plus rien à espérer, ni pour autant être désespérés. J'allais la retrouver à la fin de chaque semaine. Elle ne quittait guère son lit que pour un des fauteuils de notre mémorial. Son frère, dans sa chaise roulante, venait nous y rejoindre et nous passions là des heures lentes, loin de tout, dans une pénombre heureuse, à évoquer des temps que nous n'avions point connus mais où nous ne doutions pas d'avoir vécu : nos corps ne nous appartenaient plus ; ils étaient le réceptacle de voix anciennes qui longtemps avaient geint dans le vent, les fleuves et les frondaisons sombres avant de retrouver des bouches humaines et d'évoquer inlassablement les soleils d'autrefois. Nous refaisions le monde, à rebours et sans haine. Il nous arrivait de rire comme des adolescents ; nous qui n'avions jamais osé rire ensemble, il nous semblait qu'enfin nous en avions le droit. Nous partagions le sentiment délicieux que nous n'avions point de vie personnelle. Suscitant des fantômes, nous n'étions plus de ce monde que par nos voix et les larmes qu'elles nous tiraient ; et notre chair possédait toute la douceur et la tiédeur de l'ivoire sacré. Dans les occasions solennelles, ma mère se vêtait de blanc et se couvrait la tête d'une toque et d'une voilette datant de la Grande Guerre ; mon oncle et moi passions les uniformes de nos ancêtres : le ceinturon bouclé, les bottes luisantes, le képi bleu nuit sur la tête, nous attendions en souriant vaguement le déclin de la lumière ; on entendait alors le bruit du temps sur le parquet ciré. Et quand il faisait noir, je me levais, j'allumais les bougeoirs sur la cheminée, et nous causions, avec de longs silences, de choses insignifiantes qui avaient eu lieu en des temps anciens. J'apercevais parfois mon reflet dans la glace d'une haute armoire : je me redressais et regardais venir à moi le grand homme jeune au visage souriant et pâle et las qui était mort à l'armée d'Orient.

XXI

J'avais abandonné mes études, après une licence de lettres, pour entrer dans l'Administration. Le travail de bureau convenait à mes désirs médiocres et à ma passion du classement et de l'ordre. Mon goût du silence fut près de me valoir l'hostilité de mes collègues; mais quand il se fut avéré que je n'étais pas un homme méchant, non plus qu'un pauvre type, on me laissa tranquille. Mes rares amis se sont mariés ou ont quitté Paris. Je vis seul dans un petit appartement de la banlieue, non loin de la porte de Vincennes. J'observe chaque jour sur mon visage les progrès du vieillissement; je n'en conçois nul chagrin; je ressemble de plus en plus à ma mère.

Il est temps que je dise — à supposer qu'on ne l'ait pas deviné — qu'Esquirol n'a jamais existé; du moins pas de la façon que je l'ai évoqué : il est la synthèse de plusieurs écrivains français que j'ai admirés, contemporains ou morts, et, davantage, la figure trop séduisante et détestable de l'écrivain que j'aurais — qui sait? — pu devenir. Reste que je l'ai imaginé tel, à une époque où je sentais qu'il me fallait un maître, pour contenir les désordres dans lesquels mon trop jeune âge, mon inexpérience et la tentation de l'excès eussent pu me jeter. Il me fallait en outre un auteur dont l'œuvre existât à ma guise, sans que j'eusse à l'écrire, et qui fût assez féconde et diverse pour alimenter une rêverie dont elle eût été l'édifice le plus achevé en même temps que l'impossible récompense. Ma ferveur classificatrice en disposa autrement.

J'ai parlé de mon œuvre ; ne serait-elle pas, en définitive, un moyen de trouver le sommeil et de braver une solitude que je suis incapable de supporter ? Et si l'on veut à tout prix voir là quelque chose de noble, n'aurais-je pas découvert, sans avoir rien à écrire mais en éprouvant les tourments de l'écrivain, que la littérature est une sorte d'apprentissage de la mort ou, pour être moins grandiloquent, du sommeil auquel chacun doit se résigner à sacrifier plus du tiers de son existence ? Est-il besoin que j'ajoute enfin que ma rêverie ne m'a pas quitté ? Ma technique de classification est depuis longtemps au point ; j'ai imaginé d'innombrables variantes, la couleur des siècles, des timbres-poste à l'effigie des écrivains ; chaque entrée dans mon dictionnaire s'accompagne de la mémorisation précise d'un ou de plusieurs portraits significatifs de l'auteur ; il se peut que, dans une grange abandonnée du Pouget que j'aurai fait rechauler, je tapisse un jour les murs de portraits véritables ; je sais pourtant que ce serait là mettre un terme à mon œuvre et m'abandonner davantage au sommeil — sommeil éveillé d'insecte, d'aveugle, d'infirme, de tous ceux qui n'ayant rien attendu de la vie en ont reçu le doux pouvoir d'effacement. Mon existence n'aura pas même été le roman pitoyable ou pathétique, encore moins édifiant, que j'imaginais qu'elle fut en rédigeant ces pages, mais, tout au plus, les épisodes qui composent ce maigre et gris récit. J'ai cru quelque temps qu'il pourrait être la préface d'une grande œuvre littéraire — son prélude majestueux et sincère ; or cette œuvre était déjà derrière moi, démesurée, sans fin, secrète et inutile, porteuse de tous les désirs, nostalgique, loin du monde, en moi et hors de moi. L'œuvre littéraire n'existe que dans le rêve qu'on nourrit d'elle, rêve prodigieux et dérisoire où nous ne cessons de nous inventer, imperceptibles fils de la Vierge tendus dans la mémoire de ceux qui nous survivront et que nous viendrons écouter, longtemps après, dans des chambres obscures.

Quant au meurtre que j'ai peut-être commis, il n'est que trop réel. Il eut lieu dans la nuit du 3 au 4 janvier 1975, vers deux heures du matin, près de Fontenay-sous-Bois. Je n'en conçois nul remords. Il m'arrive pourtant, en automne, et plus souvent en hiver, de ne pouvoir trouver le sommeil. Je vais alors marcher le long du bois. Je m'assois sur un banc ; je contemple le ciel. Quand la lune est à son commencement ou à son déclin, je ferme les yeux ; je frissonne ; j'ai froid ; ma bouche est sèche et les larmes me viennent. Ma patience n'a point de bornes. J'attends le moment où je sentirai avec reconnaissance l'acier de ce quartier de lune tombant entre mes épaules.

DU MÊME AUTEUR

Aux Éditions P.O.L

L'INVENTION DU CORPS DE SAINT MARC, 1983

L'INNOCENCE, 1984

SEPT PASSIONS SINGULIÈRES, 1985

L'ANGÉLUS, 1988 (Folio n° 3506, en un volume suivi de *La chambre d'ivoire* et de *L'écrivain Sirieix*)

LA CHAMBRE D'IVOIRE, 1989 (Folio n° 3506, en un volume avec *L'angélus et L'écrivain Sirieix*)

LAURA MENDOZA, 1991

ACCOMPAGNEMENT, 1991

L'ÉCRIVAIN SIRIEIX, 1992 (Folio n° 3506, en un volume avec *L'angélus* et *La chambre d'ivoire*)

LE CHANT DES ADOLESCENTES, 1993

CŒUR BLANC, 1994

LA GLOIRE DES PYTHRE, 1995 (Folio n° 3018)

L'AMOUR MENDIANT, 1996

L'AMOUR DES TROIS SŒURS PIALE, 1997 (Folio n° 3199)

LAUVE LE PUR, 2000

Chez d'autres éditeurs

LE SENTIMENT DE LA LANGUE I, Champ Vallon, 1986

LE PLUS HAUT MIROIR, Fata Morgana, 1986

BEYROUTH, Champ Vallon, 1987

LE SENTIMENT DE LA LANGUE II, Champ Vallon, 1990

LE SENTIMENT DE LA LANGUE I, II, III, La Table Ronde, collection «La Petite Vermillon» 1993. Prix de l'Essai de l'Académie française 1994

UN BALCON À BEYROUTH, La Table Ronde, 1994

CITÉ PERDUE, Fata Morgana, 1998

AUTRES JEUNES FILLES, avec des dessins d'Ernest Pignon-Ernest, éditions François Janaud, 1998

LE CAVALIER SIOMOIS, éditions François Janaud 1999

COLLECTION FOLIO

Dernières parutions

3386. Hector Bianciotti — *Ce que la nuit raconte au jour.*
3387. Chrystine Brouillet — *Les neuf vies d'Edward.*
3388. Louis Calaferte — *Requiem des innocents.*
3389. Jonathan Coe — *La Maison du sommeil.*
3390. Camille Laurens — *Les travaux d'Hercule.*
3391. Naguib Mahfouz — *Akhénaton le renégat.*
3392. Cees Nooteboom — *L'histoire suivante.*
3393. Arto Paasilinna — *La cavale du géomètre.*
3394. Jean-Christophe Rufin — *Sauver Ispahan.*
3395. Marie de France — *Lais.*
3396. Chrétien de Troyes — *Yvain ou le Chevalier au Lion.*
3397. Jules Vallès — *L'Enfant.*
3398. Marivaux — *L'Île des Esclaves.*
3399. R.L. Stevenson — *L'Île au trésor.*
3400. Philippe Carles et Jean-Louis Comolli — *Free jazz, Black power.*
3401. Frédéric Beigbeder — *Nouvelles sous ecstasy.*
3402. Mehdi Charef — *La maison d'Alexina.*
3403. Laurence Cossé — *La femme du premier ministre.*
3404. Jeanne Cressanges — *Le luthier de Mirecourt.*
3405. Pierrette Fleutiaux — *L'expédition.*
3406. Gilles Leroy — *Machines à sous.*
3407. Pierre Magnan — *Un grison d'Arcadie.*
3408. Patrick Modiano — *Des inconnues.*
3409. Cees Nooteboom — *Le chant de l'être et du paraître.*
3410. Cees Nooteboom — *Mokusei !*
3411. Jean-Marie Rouart — *Bernis le cardinal des plaisirs.*
3412. Julie Wolkenstein — *Juliette ou la paresseuse.*
3413. Geoffrey Chaucer — *Les Contes de Canterbury.*
3414. Collectif — *La Querelle des Anciens et des Modernes.*
3415. Marie Nimier — *Sirène.*
3416. Corneille — *L'Illusion Comique.*
3417. Laure Adler — *Marguerite Duras.*

3418. Clélie Aster	*O.D.C.*
3419. Jacques Bellefroid	*Le réel est un crime parfait, Monsieur Black.*
3420. Elvire de Brissac	*Au diable.*
3421. Chantal Delsol	*Quatre.*
3422. Tristan Egolf	*Le seigneur des porcheries.*
3423. Witold Gombrowicz	*Théâtre.*
3424. Roger Grenier	*Les larmes d'Ulysse.*
3425. Pierre Hebey	*Une seule femme.*
3426. Gérard Oberlé	*Nil rouge.*
3427. Kenzaburô Ôé	*Le jeu du siècle.*
3428. Orhan Pamuk	*La vie nouvelle.*
3429. Marc Petit	*Architecte des glaces.*
3430. George Steiner	*Errata.*
3431. Michel Tournier	*Célébrations.*
3432. Abélard et Héloïse	*Correspondances.*
3433. Charles Baudelaire	*Correspondance.*
3434. Daniel Pennac	*Aux fruits de la passion.*
3435. Béroul	*Tristan et Yseut.*
3436. Christian Bobin	*Geai.*
3437. Alphone Boudard	*Chère visiteuse.*
3438. Jerome Charyn	*Mort d'un roi du tango.*
3439. Pietro Citati	*La lumière de la nuit.*
3440. Shûsaku Endô	*Une femme nommée Shizu.*
3441. Frédéric. H. Fajardie	*Quadrige.*
3442. Alain Finkielkraut	*L'ingratitude.* Conversation sur notre temps
3443. Régis Jauffret	*Clémence Picot.*
3444. Pascale Kramer	*Onze ans plus tard.*
3445. Camille Laurens	*L'Avenir.*
3446. Alina Reyes	*Moha m'aime.*
3447. Jacques Tournier	*Des persiennes vert perroquet.*
3448. Anonyme	*Pyrame et Thisbé, Narcisse, Philomena.*
3449. Marcel Aymé	*Enjambées*
3450. Patrick Lapeyre	*Sissy, c'est moi*
3451. Emmanuel Moses	*Papernik*
3452. Jacques Sternberg	*Le cœur froid*
3453. Gérard Corbiau	*Le Roi danse*
3455. Pierre Assouline	*Cartier-Bresson (L'œil du siècle)*

3456. Marie Darrieussecq	*Le mal de mer*
3457. Jean-Paul Enthoven	*Les enfants de Saturne*
3458. Bossuet	*Sermons. Le Carême du Louvre.*
3459. Philippe Labro	*Manuella*
3460. J.M.G. Le Clézio	*Hasard* suivi de *Angoli Mala*
3461. Joëlle Miquel	*Mal-aimés*
3462. Pierre Pelot	*Debout dans le ventre blanc du silence*
3463. J.-B. Pontalis	*L'enfant des limbes*
3464. Jean-Noël Schifano	*La danse des ardents*
3465. Bruno Tessarech	*La machine à écrire*
3466. Sophie de Vilmorin	*Aimer encore*
3467. Hésiode	*Théogonie* et autres poèmes
3468. Jacques Bellefroid	*Les étoiles filantes*
3469. Tonino Benacquista	*Tout à l'ego*
3470. Philippe Delerm	*Mister Mouse*
3471. Gérard Delteil	*Bugs*
3472. Benoît Duteurtre	*Drôle de temps*
3473. Philippe Le Guillou	*Les sept noms du peintre*
3474. Alice Massat	*Le Ministère de l'intérieur*
3475. Jean d'Ormesson	*Le rapport Gabriel*
3476. Postel & Duchâtel	*Pandore et l'ouvre-boîte*
3477. Gilbert Sinoué	*L'enfant de Bruges*
3478. Driss Chraïbi	*Vu, lu, entendu*
3479. Hitonari Tsuji	*Le Bouddha blanc*
3480. Denis Diderot	*Les Deux amis de Bourbonne* (à paraître)
3481. Daniel Boulanger	*Le miroitier*
3482. Nicolas Bréhal	*Le sens de la nuit*
3483. Michel del Castillo	*Colette, une certaine France*
3484. Michèle Desbordes	*La demande*
3485. Joël Egloff	«*Edmond Ganglion & fils*»
3486. Françoise Giroud	*Portraits sans retouches (1945-1955)*
3487. Jean-Marie Laclavetine	*Première ligne*
3488. Patrick O'Brian	*Pablo Ruiz Picasso*
3489. Ludmila Oulitskaïa	*De joyeuses funérailles*
3490. Pierre Pelot	*La piste du Dakota*
3491. Nathalie Rheims	*L'un pour l'autre*
3492 Jean-Christophe Rufin	*Asmara et les causes perdues*

Composition Bussière
et impression Bussière Camedan Imprimeries
à Saint-Amand (Cher), le 3 avril 2001.
Dépôt légal : avril 2001.
Numéro d'imprimeur : 11127-010898/1.
ISBN 2-07-041298-9./Imprimé en France.